世相拾零

周仕凭　著

中国环境出版社·北京

图书在版编目（CIP）数据

世相拾零 / 周仕凭著. —北京：中国环境出版社，2013.10
ISBN 978-7-5111-1563-8

Ⅰ. ①世… Ⅱ. ①周… Ⅲ. ①杂文集—中国—当代
Ⅳ. ①I267.1

中国版本图书馆 CIP 数据核字（2013）第 211767 号

出 版 人 王新程
责任编辑 邵 葵
责任校对 尹 芳
封面设计 宋 瑞

出版发行 中国环境出版社
（100062 北京市东城区广渠门内大街 16 号）
网 址：http://www.cesp.com.cn
电子邮箱：bjgl@cesp.com.cn
联系电话：010-67112765（编辑管理部）
010-67112735（环评与监察图书出版中心）
发行热线：010-67125803，010-67113405（传真）
印 刷 北京中科印刷有限公司
经 销 各地新华书店
版 次 2013 年 10 月第 1 版
印 次 2013 年 10 月第 1 次印刷
开 本 880×1230 1/32
印 张 6.5
字 数 160 千字
定 价 26.00 元

目 录

静思偶得

附 录

读一个人的作品如同品味一个人

——为周仕凭新书序

哲夫

读一个人的作品如同品味一个人。先是在网上看到仕凭的《小人》和《小人夜访老黑》之类零碎文章，惊讶于其想象力的丰富以及构思的巧妙与讽刺的辛辣。后来细读了他寄来的集束的新编文集，方对其文其人有了一个整体了解。文集各类文体俱有，有纯粹的散文，也有游走于各个文体之间的杂文，更有跨文体写作类似于小说的《小人夜访老黑》的篇什。自分类大概其两辑，上辑为《世相杂论》，以杂文为主，春秋笔法，微言大义，警世醒人。下辑名《静思偶得》，收入的篇什多为记忆感怀之类，从容铺张，绵绵密密，典型散文写法。

先说《世相杂论》，有些篇什很赞，尤以对小人的描写当属升级版。何以如此，且听我一一道来。古今人等对君子与小人之争或曰描摹，可谓多矣，且放之中外皆如是，尤以中国的小人为最。例如“小人最喜欢做的事是落井下石，在他的上司或同事或下属掉到井里后，即使小人在井的周围找了半天也找不到一丁点石头，小人也会想出办法，或丢几块砖块，或抛几块烂泥到井里。实在没有东西，就在井上小便或大便，没有便随意吐几口浓痰，总之要想尽一切办法朝井里扔东西，方解没来由的心头之恨。”否则便会失落很久。这类小人，有一类是无意中得罪的，还有一类，却是天造地设与生俱始往日无仇近日无冤的，只是太过喜欢凑热闹和讨便宜，若恰好遇上墙倒、鼓破，无须动问，若不能先行踹上一脚呸上一口，错过了机会，一辈子都会后悔。似乎有点儿大狗叫小狗也跟着叫的意思，还有点随众心理或是随群性的意思。似乎又不全是，更多的大约是从娘胎里带来的，和人与生俱有的自私属性和小心眼不无关系。小到兄弟阋于墙，大到文攻武卫，无不活跃着这些无处不在的“小人”的影子。

对诸如此类的明白与憎恶，便导致了对此类小人的讽刺和幽默，甚或是有些尖酸刻薄的挞伐。于是，小人的祖师爷便为之大大的有所不满了，擅自穿越古今，夜访老黑，想掰扯明白一些个中的事理。且听小人与老黑如下一番有趣的对话，便能明白端的：

我问：“怎么还有小小人呢？”他笑了笑，黑色的夜空闪动着一排洁白的牙齿：“其实，像我们这一类，充其量也就算是个小小人，离真正的小人还远着哩！你肯定读过《皇帝的新装》，那个光腚的皇帝是不是小人？睁眼说瞎话的大臣们是不是小人？真正的君子只是一个敢于说真话的孩子。而我们呢，不管从待遇还是从哪方面讲，能跟他们比吗？”

听了他的话，我沉默了，因为我不知道该怎么回答。

“好了，公鸡打鸣前我必须回去，这是我们的规矩。说实话，虽然今天与您谈了许多，但我还有很多话想跟你说。我是这样认为的，小人也好，君子也罢，都是要吃饭的，当然，君子挣钱是靠合法的手段，但依靠合法的收入您就注定要一世清贫，只要您想发财或想通过当官发财……您是个聪明人，自己领悟去吧。”

他边说边站起来：“其实您不知道，现在市井中的小小人比以前少多了，他们有一部分已对我这个祖师爷不屑一顾，拿俸禄去了。但我也不愁吃喝，还有一部分小小人养着。这些小小人啊，按照你的说法就是心眼坏些，喜欢落井下石，其实坑害的也就几个人，与真正的买官卖官、假公济私、贪污受贿、草菅人命的小人不可同日而语”……

想象力的丰富与思想的漫汗，让人叹为观止。姑且不说，再看《我们都是害虫》。此文开宗明义便直指我们：“也许在多少亿年后，一群类似于人类的智慧生物在‘考古’时发现，地球上化石数量最多的就是‘人’，就是由于这些动物的活动，极大地破坏了地球上的生物链。”两两合一，见其端倪，小人也罢，小小人也罢，在宏观的自然生态世界，皆为害虫。这样的命题，是因为地球已经成村落，而村落公共的池塘和自然的庄稼以及生态的花鸟虫鱼之类，都已经捉襟见肘，邻里因此而龃龉不断死人无算，终于有人悟出，地球无非银河系一个暂时还没有被邻里行门户的一个小村庄，而且是属于人类自己的唯一的村庄，自己的村庄自己不爱护，如同自毁。人必须从人类社会的纠葛中倏地一下跳出来，为自己打开一扇宇宙窗口。又例如，死去活来还被出版商请去进行文学创作的孔乙己，自以为拿得出手的东西却被出版商认为是个屁，自己以为不是东西的东西却被奉为至宝：“孔乙己惊诧得目瞪口呆，原来这几天信手抓抓拼拼的东西也叫诗？他恨不得买块豆腐碰死算了。他口中念念有词，说了一些之乎者也的话。”再例如《酒后的话》的无奈的感慨：“人家的经济为什么搞得那么好？靠的是改革开放。人家的洗头房已经成为一条街了，洗头小姐的衣领往下开（V字领），裤子往下放（露脐装），哪像我们这里，还捂得严严实实？！”诸如《拍马经》《那段说不清的历史》《中国的“运动”》《关于尾巴》《做秀的“公开道歉”》《记者咋就这么狂》《名人与人名》《怎一个“媚”字了得》等篇什，行文的幽默和辛辣有如文中所说的那个小人的特立独行的身形，如烟似水，深意绽开在幽微处且无孔不入，专扰人的妄自尊大和姑且之类梦呓。

如同君子和小人也似，人类行之弥远与人生渐已老大相类似，守望家园与回首往事在本质上大同小异，多蓦然回首沧海桑田甘苦自知的感时伤怀。轨迹是一样的，从喧嚣渐趋于宁静，从盲目而回归于理性。时空变迁与个人过往的物换星移如出一辙，都能让人从中窥见和察觉天地霸蛮与日月的强梁的格局而找回自己的最合适的位置，或可将小人唤回为君子。

《静思偶得》大约便是为了有利于寻微见著。多童年记忆和成年后的感悟文字，如《春夏之交话野菜》先引用辛弃疾的诗借他山之石："陌上柔桑破嫩芽，东邻蚕种已生些。平冈细草鸣黄犊，斜日寒林点暮鸦。山远近，路横斜，青旗沽酒有人家，城中桃李愁风雨，春在溪头荠菜花。"接下来一句千家诗："春在溪头荠菜花"，便在不经意间对接了古今，铺陈出一个时空舞台，演员是"这种开着白色小花的植物，它的花朵很小，锯齿状的叶片有毛，看起来十分不起眼，但就是这种不起眼的植物，却是一种不可多得的美味"。

然后笔锋一转，络绎出场的，便是寻常百姓眼里的野菜家族。

野菜半年粮的过去似乎已经少见，随着社会发展科技进步，便归结为汪曾祺所述："过去，我的家乡人吃野菜主要是为了度荒，现在吃野菜则是为了尝新。"亦如作者的领悟："现代人吃野菜，或许也有诸多感受，但肯定无法重温那苦难的滋味了。野菜那淡淡的苦涩与清香，仿佛也成了我们吃腻了大鱼大肉之后所苦苦寻觅的回归方式。"只是，过去随处可见、可觅、可吃的野菜，如今却已身价不菲，除了许多是人工种植的，要远足走出很远，才可以在一些尚且没有被文明蚕食的所在见到它们柔弱的身影。文明正在大踏步地向它们走来。

民以食为天，吃是人类生存的起码条件，吃得久了，便吃成了一门艺术。仕凭在《夏秋时节话豆丹》一文中便写到了这样一种吃物："也许外地人对灌云人吃豆虫这件事情不能理解，但只要吃过一次，无不赞不绝口。”仕凭引用了朱思雄在《吃嘛好》中的一段话：“有津人去美前，友人提醒，无论何处购物，只须牢记一句‘How much？’足矣。津人抵美后，某日往购物，不能张口，想起友人嘱咐，仅知若干熟悉音节，记不真切，问：‘嘛好吃？’对方茫然，改口‘好吃嘛？’仍摇头，再说‘吃嘛好？’对方摊手耸肩……”

又引用张琳的《蝉是一道难以抗拒的美味》说：“提到吃蝉，我周围的许多朋友都表现出吃惊，他们的心里可能在想，如此可怕的昆虫怎么能下箸呢？这种心态，我是非常理解的。那年，我跟朋友周仕凭说起吃蝉的事情，他则对我说起他老家连云港灌云县当地吃豆丹的事情，我想到豆棵上蠕动的绿绿的肥肥的豆虫，胃里就有些翻腾。可他说起吃豆丹来眉飞色舞，跟我向别人说吃蝉时一样的表情。可见，豆丹的味道一定很不错。”

接着仕凭便涎水飞溅地引大家去吃：“豆虫，是黄豆叶子上生长的一种昆虫，以黄豆叶为食物。大豆中蛋白质的含量高达40%左右，还含有多种人体所必需的不饱和脂肪酸，亚油酸含量最丰富，且不含胆固醇。因此，以大豆叶子为食物的豆丹，味道鲜美无比，极富营养价值。豆丹烧成的菜颜色清纯，辣中有香，绝不油腻，看了让你垂涎三尺，吃了使你大呼过瘾，终生难忘。”说话间，想来读者也会跟着吃将起来，怕有不止几条豆虫下肚了吧？

豆虫不仅美味，在“人民公社”的年代，捉豆虫大队还给工分：“有的人一个早晨要拿十几斤，生产队按照两斤或三斤给一个工分。”“喜欢吃豆丹的人家，从豆叶上将豆丹捉回家，先放到水里浸泡一会，将其溺死，然后用一根擀饺子皮的面杖，垫上一块木板，把溺死的豆丹从头到尾擀出内脏，放到水中清洗，去掉粪便即可。擀出来的豆丹肉青中带白，中间会有一块淡黄色的油，宛如晶莹的碧玉。”“从泥土里刨出已经入蛰冬眠的豆丹，洗涤干净，和夏天的做法相同，甚至更为简单，因为入蛰的豆丹体内已没有粪便，肉更多，营养也更为丰富。这时豆丹和丝瓜或大白菜或小秋瓜烧，吃起来更是肥而不腻，适口爽心，味道远胜七月的豆丹。”“一个豆丹可以卖一分钱，而当时一个鸡蛋的价钱才五分钱。”“我觉得这个菜口感甚好，连钱鹏飞主任也觉得妙不可言，但终究不知道是什么菜。吃完以后，陪同的宣传部副部长邱洪彤才揭示谜底：‘周主任（指我）肯定知道，只是不想让你（指钱鹏飞）扫兴，因为这个东西一旦知道了，一般人吃不下去。’”“老丈人和连襟都不知碗里为何物，但一致的说好吃。等酒毕饭后，我拿出特地保留的一个豆丹给他们看，老丈人说：‘没想到这个东西这么好吃，我们那里多的是。’”

仕凭意味深长却也是轻描淡写地这样写道：“我的老家灌云县每年都要吃掉 1 000 多吨豆丹……只有 20%来自于灌云本地，其他 80%是从河南、安徽、江西、陕西一带收购而来……据说，有时候烧好的豆丹在灌云要卖到六七百块钱一碗。”近日还获悉前几天灌云县举办了“首届豆丹美食文化节”。“我在想，这种原来寄生在大豆上的害虫，究竟是从什么时候变成当地人的美食的？不管出于什么原因，第一个吃豆虫的人，是需要多么大的勇气啊！”

如果说《世相杂论》是说人文生态的现在和过去，那么《静思偶得》便是追忆自然生态的过去和现在，二者皆着眼于未来。未来如何，则要看我们现在的悟性。《金秋时节话螃蟹》一文中，看似讲吃螃蟹的顺序和方法，可深藏不露的却是写人类吃的历史的英勇和悲壮：“随着农药的大量使用，螃蟹在我们的家乡基本看不见了，除了养殖的以外，野生的螃蟹可以说是已经绝迹，吃螃蟹已经成为一种奢望。”人以杀生而养生，过了滥了则如同自杀。吃动物与吃虫子本质都是弱肉强食。花朵不结果，丝织品减产，鸣虫不歌唱，与大量授粉的蜂、吐丝的蚕、知了的蝉，蛹子被吃掉，有直接连带关系。农药无处不施是否会让豆虫绝迹？也堪忧。生物的多样性和相生相克，是自然不肯放弃的主张，也不以人的好恶为转移。许多人眼里的害虫，在自然界却是必需的。维持生命的吃，原本无可厚非，是必需的，但穷奢极欲地吃将开去则无异于自毁。等到自然界所有的生灵都被我们吃掉，剩下的会是什么？仕凭没说，但大家都知道，不仅是蕾切尔夫人书中《寂静的春天》，还会是宗教笔下的《最后的晚餐》。

坦然自若，幽默风趣，夹叙夹议，引而不发，提供各种现象，让人自由联想，是仕凭为文的特点。用“密不透风疏能走马”这句话来形容他的文风是不过分的。还有就是，看似坦诚爽直一个人，为文却有如此沟壑，是断然不可小觑的。

最后祝仕凭新书早日出版。

如此而已。

2013 年 7 月 13 日　星期六

世相杂论

小 人

小人最喜欢做的事是落井下石，在他的上司或同事或下属掉到井里后，即使小人在井的周围找了半天也找不到一丁点石头，小人也会想出办法，或丢几块砖块，或抛几块烂泥到井里。

小人不是小孩子，小孩子天真率直，心底无私，是当不了小人的。做小人的人，往往是涉世不深时被小人咬过，被咬的人在惧怕小人之余，也被注入了小人的余毒，便慢慢扭曲了心灵和人性，渐渐地戴着变色眼镜或在哈哈镜里看人，然后便生性多疑，工于心计起来。正因为如此，小人是属于不幸但又没有人同情的人。

小人年龄不祥，善变，但一般不会低于二十岁；性别不详，常显中性，随别人的喜好而定；住址不详，满世界都能见到他的影子；学历不详，有人说是小学，有人说是大专，也有人说可能不识字或不止这个学历。

小人的眼睛与常人不同，他的眼神深藏不露或多愁善感或飘忽不定。在他的上司面前，有时候便好像没有了眼睛。即使说有的话，也是弯如上弦或下弦的月亮，根本看不见眼珠子。但对上司的一言一行都背得朗朗上口，便于讨好；对待他的同事或下属，他的眼睛总是半眯着，似乎没有眼仁，不屑一顾，但一举一动都摄记于心，便于栽赃。

小人的鼻子也和常人鼻子一样，大头冲下，两个鼻孔，但其灵敏度超过常人。正因如此，小人的警惕性特别高，常常东闻西嗅，在他熟悉或不熟悉的环境里寻找根本就没有的“地雷”或“定时炸弹”。这种鼻子不仅具有一般人的嗅觉功能，还能发出比语言更具杀伤力的鼻音，这种鼻音比墨鱼遇到敌人时放出的墨汁更能黑掉对手。

小人的嘴巴与众不同，因为他常常对上司奉迎拍马，曲意奉承；对同事或下属常常是恶言恶语，捕风捉影，所以他的上嘴唇甜如蜜糖，下嘴唇恶如蛇毒。除此以外，小人讲话的声音是没有底气的，因为经常要看别人的眼色讲话，所以其讲话的特点是欲言又止，戚戚叽叽，眼珠的转速与语言的语速基本同步。

小人的耳朵看起来与常人的一样，但内部结构与常人的不同。在他的耳朵里面，有一个语言过滤装置，当有人与他说话的时候，赞美他的话会顺利地进入其耳内，到达大脑；批评他的话会被过滤装置以语音录入的方式，输入他的小脑，且删除不去，提醒小人时时惦记。在无人与他说话的时候，小人的耳朵又会如雷达般旋转，警惕地收集别人议论他或上司的信息。

小人的面部神经丰富发达，表情的变化比川剧的绝活变脸还要快，时而满脸堆笑，时而面无表情，时而盛气凌人。但只要仔细分析小人的脸部表情，我们就不难发现，他的笑容很累，盛气很虚。正因为他的表情能够根据不同的环境随时变换，小人脸皮里面的肌肉比轴承里面的滚珠还要圆滑。

笑里藏刀、指鹿为马、无事生非是小人惯用的伎俩，但小人最喜欢做的事是落井下石，在他的上司或同事或下属掉到井里后，即使小人在井的周围找了半天也找不到一丁点石头，小人也会想出办法，或丢几块砖块，或抛几块烂泥到井里。实在没有东西，就在井上小便或大便，没有便随意吐几口浓痰，总之要想尽一切办法朝井里扔东西，方解没来由的心头之恨。

小人的大敌是君子，平常见到君子时总是想躲着绕着，但又常常是冤家路窄，往往会狭路相逢，这时的小人一般会采取措施镇定自己，一是借主子的胆壮自己的胆；二是装出十二万分委屈的样子，为自己作不必要的辩白；三是胡搅蛮缠，无理取闹，不懂装懂，而君子常心如明镜，“忍让非懦弱，自大终糊涂”，所以小人往往自以为取得了最后的胜利。

小人对君子有天生的仇恨，每时每刻都想置君子于死地，但又不敢正面下口。为了消灭君子，小人往往装得很伪善，等君子与他擦肩而过时，猛然回过头来，伸出肮脏之手，张开血盆之口。但君子往往不以为然，未等小人咬到脖颈时，便从容回过头来，此时小人的面部表情相当丰富，心里虽然恨得咬牙切齿，可嘴里却唱道：“我想悄悄地蒙上你的眼睛，让你猜猜我是谁”。于是小人与君子寒暄几句，各奔东西。然后小人代代相传，君子生生不息。

小人常以为自己是君子，说的是君子常说的话，做的却是君子不齿的事。那么，怎样在芸芸众生中分别出小人与君子？早在2 480多年前，孔子在《论语·述而》里就说“君子坦荡荡，小人常戚戚”，意即君子心胸坦荡，小人忧愁不安。在《论语·子路》里他又说：“君子和而不同，小人同而不和”，意即君子知道什么叫和谐而不盲目附和，小人只知道盲目附和而不知道和谐。而清人王永彬在《围炉夜话》中也有定论：“君子存心，但凭忠信，而妇孺皆敬之如神，所以君子乐得为君子；小人处事，尽设机关，而乡党皆避之若鬼，所以小人枉做了小人。”

小人夜访老黑

他边说边站起来："其实您不知道，现在市井中的小人比以前少多了，他们有一部分已对我这个祖师爷不屑一顾，拿俸禄去了。但我也不愁吃喝，还有一部分小人养着。"

"您好，首先请您宽恕我的冒昧，没有提前给您打招呼。我今天是特地来拜访您的。"

正在我睡得蒙蒙眬眬的时候，一个人飘然进入了我的房间。"请坐，请坐。您是……""其实，您是应该认识我的。"我急忙披衣下床，"您是？""记不起来了吧？"

来人笑了笑，露出一排洁白的牙齿。"很抱歉，我真的记不起来了，一年要接触成百上千人，况且我的记忆力又不好。"我极力地想辨认出他，但还是看不清来人的脸。

"我是为一件事专门来拜访您的，因为这件事如骨鲠在喉，不吐不快。前几天，您曾经给我们家族画了一张脸谱，您还记得吗？"说完这句话，他的嘴巴张了好长时间，模糊的脸上一个黑洞分外引人注目。

"记不起来，什么时候？您可能认错人了，先生，我是不会画画的。"我说。"您有没有写过一篇叫做《小人》的文章？"来人的脸上又露出了那个黑黑的洞口。

“写过。杂文嘛，写的只是一种现象，并不是针对某一个人，因为我与任何人都无冤无仇。”我边说边给他递上一支烟。

“我是怕火的，不吸烟。如果您要吸，我先到外面避一下，等一会我再进来。”我摆了摆手，放下烟。他又说：“在来之前，我已经打听了您的为人，您可以算一个好人，但就是有点死心眼，不会……”

他边说边打量着我的卧室：“到现在您连电视机都没有，破旧的桌椅，十五瓦的台灯，即使点亮了，比我们点的磷火也亮不到哪里去。”说完，他望着我的脸。

直到这时，我才知道我没有尽到主人的义务：“请您稍坐片刻，我去烧一壶水，给您泡一杯茶暖暖身子，您觉得黑，我可以把日光灯和台灯都打开。”

他摆了摆手，在我的肩上按一下，示意我坐下：“不要客气，窗外的月光很好，您若开了灯，就等于下逐客令了。我不会耽误您太长的时间，只是想跟您说几句心里话。如果我不说，心里总觉得有点不舒服，这都是被您写的那篇文章给闹的。”

我感到十分纳闷：“请先生恕我愚钝，在下真的不知，您不妨说来听听。”

他走到卧室门口，将耳朵贴在门上听了听，又朝窗外探了探头，然后坐下来说：“不怕您笑话，我就是您写的那个小人，您的文章是不是有点尖刻？害得我这几天全身的骨头都有点酸痛。”

直到这时，我才恍然大悟：“只是个千把字的文章，不知在哪里得罪了先生，请您慢慢道来。”

他说：“我告诉您，您千万不要以为我在吹牛，我在那个世界已经几千年了，书也读了不少，但还是第一次读到专写小人的文章。那是前几天，我睡觉刚醒来的时候，我的一个弟子就匆匆进来说，他捡到了阳间一个人烧掉的一篇文章，名叫《小人》，据说，这个人是读后十分气愤才烧掉的。我仔细地读了一遍，说实话，文章写得不错，但有些观点不敢苟同，想与你商榷，几经打听，才找到这里。”

“原来您也算得上是小人的祖师爷了，您千万不要对号入座，我再次声明，我写的只不过是一种现象，并不是针对那一个人。如果我要知道写这篇文章会令您寝食不安，我是决不会写的。再说了，我那篇文章是写给阳间的小人看的，为什么会惹得您大动肝火？”听了他的话，我的内心的确有些内疚，但也有一些不明白。

他似乎有点不安，打开门，将头探出门外望了望，然后小心地将门关上，低声说：“我们小人是不分阴间阳间的，不像有些所谓的君子那样分得那么清，您写的文章发表后，他们肯定很不痛快，所以我决定来找您沟通一次。您说，我们做小人的容易吗？不容易！小人也有小人的难处。”说完，他警惕地望了望四周。

我知道了他的心事，忙说：“请您放心，这个房间只我一个人住，既然您黑夜登门，也算看得起我老黑，请直抒己见，畅所欲言，不必客气。”他说：“您别介意，这些都是我们的习惯动作，我知道你们是看不惯的。”

“您说做小人容易吗？不容易！比做正人君子更难。为了让我的徒子徒孙在你们这个世界上混一碗体面的饭吃，我要求他们勤学苦练，冬练三九，夏练三伏。”“练什么呢？难道做小人还要练什么功夫？”我有点不解。“这你就外行了，哪一行没有哪一行的规矩？我对他们的要求是要么不做小人，要做就要做到‘身形如水’。”

“为什么要做到身形如水呢？”我问。“你不懂了吧？这也是我们在长期做小人的实践中悟出来的。水这个东西，看似有形，其实无形。你把它倒在方杯里，它就呈方形；你把它倒在圆杯里，它就是个圆柱；倒在碗里，就是个半球。泼在人身上，夏天使人凉爽，冬天令人齿寒，泼在地上，它便无孔不入，这是其一。水能载舟，也能覆舟，这是其二。”他说。

“当然，做小人是要挨骂的，但我们不怕，俗话说：岳飞再好，也有三个仇人，秦桧再坏，还有三个朋友。有时候，我们诬陷了人心里也有些不安，但……但……你知道我们为什么还要这样做呢？”他反问道。

我沉思片刻说："君子喻于义，小人喻于利。""您又提孔子了，您以为孔子就是君子么？司马迁说过的这句话不知您记不记得，'天下熙熙，皆为利来，天下攘攘，皆为利往。'如果孔子不喜欢利，他能享受到'食不厌精，烩不厌细'？他能做到食物的颜色不好看不吃？不按规矩切的肉不吃？"他心平气和地再次反问我。

"孔子对利的获取是有前提的，他说过这样一句话，'不义而富且贵，于我如浮云'。"我说。"您的思维方式有问题，历史上和现实中，有多少真正的正人君子？你看那些满嘴仁义的皇帝和王公大臣，哪个不貌似君子，其实他们都在干着小人的勾当。我这样说不知道您会不会伤心，真正的君子有没有呢？是有的，但凤毛麟角。"他的语速显得比原来快了一些。

"人非圣贤，孰能无过？我的意思是有的人虽然曾经是小人，但他最后成了君子；有的人曾经是君子，但后来成为小人。关键要看这个人对社会的益害程度。我们总不能看到一个姑娘的脸上有一个雀斑，然后就说这个姑娘满脸都是雀斑；一个人犯了一次错误，然后就说这个人浑身都是错误？"我说。

他沉默了片刻，低声反问我："那么您说有没有明里是君子暗里是小人的？""有，这就是小人阳奉阴违的一面。"我答道。他似乎抓到了一根救命稻草："这就对了，不知你有没有看过李宗吾写的《厚黑学》？"我答道："看过"。"只要你看过，我们就还有探讨的余地。真正的小人您是看不出痕迹的，因为他们都长着君子的脸，一副救世祖的样子。"他说。

我问道："按照您的见解，真正的小人应当是什么样子？"他提高了一下嗓门说："正如你所说的，真正的小人是阳奉阴违的。他们人前是人，背后是鬼，但常人是不易觉察的。他们往往打着仁义的旗号，干着利己的勾当。"

我打断了他的话，问道："那么是不是我的文章对小人的定义有点狭隘？"他说："这也难怪，您只见到过市井中的小小人。"

我问："怎么还有小小人呢？"他笑了笑，黑色的夜空闪动着一排洁白的牙齿："其实，像我们这一类，充其量也就算是个小小人，离真正的小人还远着哩！你肯定读过《皇帝的新装》，那个光腚的皇帝是不是小人？睁眼说瞎话的大臣们是不是小人？真正的君子只是一个敢于说真话的孩子。而我们呢，不管是从地位还是从哪方面讲，能跟他们比吗？"

听了他的话，我沉默了，因为我不知道该怎么回答。

"好了，公鸡打鸣前我必须回去，这是我们的规矩。说实话，虽然今天与您谈了许多，但我还有很多话想跟你说。我是这样认为的，小人也好，君子也罢，都是要吃饭的，当然，君子挣钱是靠合法的手段，但依靠合法的收入您就注定要一世清贫，只要您想发财或想通过当官发财……您是个聪明人，自己领悟去吧。"

他边说边站起来："其实您不知道，现在市井中的小小人比以前少多了，他们有一部分已对我这个祖师爷不屑一顾，拿俸禄去了。但我也不愁吃喝，还有一部分小小人养着。这些小小人啊，照你的说法就是心眼坏些，喜欢落井下石，其实坑害的也就几个人，与真正的买官卖官、假公济私、贪污受贿、草菅人命的小人不可同日而语。"

说到这里，他压低了嗓门，在我的耳边说："其实，我们也恨这些小人。"说完这句话时，他模糊的脸上掠过一丝善良的微光。

"好了，耽误了您宝贵的休息时间，今天总算一吐为快了。说句心里话，真想与您交个朋友，再见！"未等我说再见，他已打开了门。正当我想把他送出门外时，他却风一般飘然而去，融入浓浓的夜色之中。

这是我第一次与小人面对面地交流，也由衷地佩服这个自称为"小小人"的勇气与坦诚。我望着茫茫星空，显得有些茫然，仔细地回味刚才小人所讲的话。

回到屋里时，我发现在他坐过的地方，有一块麻将大小荧光闪闪的东西，捡起来打开台灯一看，只见一块被磨得铮亮的方形骨片上面，有八个篆体小字：钻、谄、拍、赞、妒、辩、离、陷。反面有“每日三诵，举一反三，熟能生巧，融会贯通”十六个字。反面的十六个字倒好懂，正面这八个字，我虽百思仍不得其解，但根据上面的十六个字可以猜测，运用好这八个字是做一个准小人的必备条件。

蒋介石的宽容

作为一个“万人之上”的委员长，蒋介石难道连这样的一个刁民都对付不了？我想，问题可能不是这么简单。这件事可能不是不能，而是不为。

几年前的一件事，到现在还在撞击着我的心灵。2004 年 9 月上旬，我作为一名新闻工作者，在浙江省象山市委宣传部的邀请下，从北京赶到地处东海之滨的象山县，参加这里举办的一年一度的开鱼节。

开鱼节期间，在有关部门工作人员的陪同下，我们专程赶到奉化溪口，参观了蒋介石的故居。蒋介石这个人的印象，在我的记忆中并不好，他要么愁容满面，一句话不说，要么气急败坏，张口就是“娘希匹”。而这些所谓的记忆，都是在文学作品和影视作品中形成的。

父亲在世的时候，他说过这样的话，“来了汪精卫，去了蒋介石，瞎子吃螃蟹，只只都如石”，这个“如石”是谐音，即是“如实”，在海、赣、沭、灌地区，特别是今天的连云港灌云话中，“如实”就是“都一样”的意思。

从象山到奉化溪口，需要几个小时的车

程。因为是利用工作之余，所以时间很紧，只能走马观花。在这里，经过导游的解说，我知道了蒋介石的名字源自于《易经》。《易经》六十四卦，其中有一卦叫“豫”卦，其卦辞为“利建候行师”，即有利于建国封候和行军作战的意思。

根据《彖传》“一刚应五柔而志于上行，顺理而运动”，豫卦的六二爻辞：“介于石，不终日，贞吉”。《象》曰：“不终日贞吉”以中正也。这爻辞彖辞的意思是：心志操守，坚如磐石，不终日沉迷于享乐，是最吉利的。原因是因为能居中得正。蒋介石的名字采用这一卦的美好意境，再配上势中最有利的六二爻辞，名叫介石，字中正。

蒋介石喜欢《易经》术数，是人人皆知的，人们经常在一些历史电影片上看到蒋夫人求神问卦的镜头，而蒋更是求神问卦的热情者。他在临终前，曾深有体会地道出了他一生的处世哲学：“是非审之于己，毁誉任之于人，得失取之于数。”他这句话的大概意思就是：世界上的是是非非，复杂万千，全凭自己去慎思辨别，然后根据自己的分析判断决定自己走的路，哪些是应该做的事，哪些是不应该做的事。经过自己独立思考决定去干了以后，社会上必然有人赞扬，也会有人毁谤讥骂。对此，自己要泰然处之，任人评论。至于事业的成功与失败，只能取决于数（术数、命运、自然规律）。

因为时间太紧，所看内容大多都没有什么深刻的印象，倒是一件轶闻趣事，让我对蒋介石先生产生了一些好感，并时常撞击着我的心灵。

据导游说，蒋介石最后跑到了台湾，是由于他家的房子被周姓人家破了风水。这种说法当然是没有什么道理的，但我们也的确看到在蒋公住宅门面左侧，是一个周姓人家的住宅，这就让蒋公的房子看起来显得不完整。话说蒋介石当上中华民国的“一把手”以后，就想把位于浙江奉化武陵镇上老家的旧房子拆掉扩建一下。邻居们得知蒋家扩建房子的事后，左边的邻居让出自己的宅基地，给蒋家腾出了地盘，可是右边卖千层饼的周顺房却不愿意腾出自己家的地盘。原来，周顺房与蒋介石是儿时的小伙伴，知根知底，对蒋介石太了解了，所以并不把蒋介石看成是神圣不可侵犯的大人物。他接到拆迁的消息后，曾放出这样的话："瑞元（瑞元是蒋介石的小名）当皇帝了，不给我们过日子了，他让我搬，我不得不搬，但这件事必须他当面跟我说……"

蒋介石知道此事后，感叹说："搬不搬由他去吧。"可能当时的蒋介石，也知道"风可进，雨可进，国王不可进"的道理。

所以，我们现在到蒋氏故居，就会看到蒋家面临剡溪的大院右侧，有一家"周顺房千层饼店"，嵌在蒋家大院的一角，显得有些"另类"。当时我就想，不要说是中华民国的"一把手"，就是现在的一些小干部也不能容忍。

蒋介石先生对不把他放在眼里的邻居还能如此宽容，真是让人觉得"难以理喻"。作为一个"万人之上"的委员长，蒋介石难道连这样的一个刁民都对付不了？

我想，问题可能不是这么简单。这件事可能不是不能，而是不为。如果真是这样，就足以体现一个人的胸怀与气魄，而这种胸襟与肚量，在今天看来仍然还是显得弥足珍贵。

如果不是这样，我又找不出其他的解释。

2004 年 10 月

那段说不清的历史

全国“五一”劳动奖章获得者、江苏金箔集团老总江宝全先生说：“1960年我们家乡天灾人祸，一个村庄全家人饿死的比比皆是，我家4人饿死了3个，我竟奇迹般的活了下来。”

昨天，一位好友的孙女过周岁生日，那桌上的美味可谓堆积如山。席间，有几位70岁以上的老人，谈起了“三年自然灾害”那段历史。这也叫条件反射吧，看到这么多好吃的，理所当然地想起过去挨饿的那段艰苦岁月，酒席间各种年龄段的人都有，权当是一种“革命传统”教育，或者叫做忆苦思甜。

关于挨饿的那段历史，时间在1959—1961年，几位老人都是见证者和亲历者。八十多岁的刘三爷说，“三年自然灾害”是由1958年人民公社吃食堂造成的。他说，当年地里的庄稼都没有人收，特别是秋天的山芋，都没有人要。可以走到哪里吃到哪里，天天都在说共产主义就要实现了，可等到了1960年春天，地里的冻山芋又烂又苦，还有人刨起来吃。全国大饥荒，浮肿病开始到处都有……

杨小爷年龄略小，大约七十岁，按照他的说法，“三年自然灾害”是给“苏修”逼的。他说苏联当时要中国的欠债很缺德，中国还债用的鸡蛋苏联都用“圈圈套”，小于圈圈的鸡蛋他们一个也不要，中国又很要脸面，那些不合格的鸡蛋一个也没有拿回来，全部就地销毁……当然，这种说法未经证实。

“那几年饿死了多少人？”一个小伙子问。几位老人都说江苏不是太多，安徽严重，据说饿死很多人。刘三爷举例说，有一次，他在清江大桥（在淮阴）上边走边吃干粮——玉米面饼子，突然一个三十几岁的男子从他的手中把饼抢了过去，他刚要追，只见这个男子朝饼子上连吐几口口水，然后把饼子放到地下。三爷不追了，问他是哪里人，那人说他是安徽的，家乡饿死了好多人，说完后捡起饼子就吃。

现在看来，那段历史已经成了传说。饿死了多少人谁也说不准，全国人民挨饿是肯定的，饿到什么程度，没有具体的记录。但我相信刘三爷所说的话是真实可信的，安徽的确饿死了很多人。

2004 年，我曾经采访过全国“五一”劳动奖章获得者、全国知名企业家、江苏金箔集团老总江宝全先生，他给了我几本书，其中有一本散文集，名为《想你的时候》，里面的一篇文章就记叙了他的母亲、妹妹等饿死的情况。江出生于 1946 年，祖籍安徽和县。两个妹妹在 1960 年饿死了，母亲也在饥饿中离开了人世。他说：“1960 年我们家乡天灾人祸，一个村庄全家人饿死的比比皆是，我家 4 人饿死了 3 个，我竟奇迹般的活了下来。”

一位网友“冷刀客”也说，他的老家在现在的安徽省濉溪县铁佛区洪河头乡杨庄大队小李庄。据他的父母讲，这“三年自然灾害”主要是多报产量，也就是浮夸风造成的，再一个就是吃食堂造成人为的浪费。

在他的老家，1960 年出现了大量饿死人的现象。他的爷爷是活活饿死的，他的大娘有三个孩子全部饿死，当时他家有十二口人，饿死了四口人，死了三分之一。他有一个叔辈大娘的孩子饿死了，她就把孩子抱在怀中，不时地摸摸小孩的身上，看着奶奶说：“这小孩身上还有点肉呢”，气得奶奶大骂：“饿死你也不许吃孩子肉，我看你敢吃一个，我就去报官”。

后来孩子被扔出去了，结果，没有多久这个大娘也饿死了，想一想，人都饿疯了，要不怎么能想到吃自己小孩的肉呢。

据说，那个村绝对有全家饿死的，全村怕是饿死超过三分之一。“冷刀客”说：“我妈有时背着我大哥走在路上，看到路边饿死的人就问，‘咱们会不会也被饿死啊？’我大哥说‘不会’，说的可痛快了，我妈就又问：‘那咱们吃啥啊？’他就不吱声了。据说那时路边饿死人是常见的。”

2005 年 11 月，《文摘报》发表了题为《三年大饥荒的数字之谜》的文章，文中说，1959—1961 年三年大饥荒，中国到底饿死了多少人，至今没有一个准确的数字。因为极“左”路线的干扰，困难时期，没有做过全国范围的人口普查。于是，后来的学者专家们，均是根据 1953 年、1964 年、1982 年仅有的三次人口普查的资料，加上其他参考数据进行推算。

1985 年出版的《中国统计年鉴》显示，1960 年与 1959 年相比，全国人口减少 1000 万。中央党史研究室编著的《中国共产党的七十年》记载：“据正式统计，1960 年全国人口减少 1000 多万”。

西安交大蒋振华教授在 1986 年和 1987 年，与李南共同发表两篇文章。他们经研究、推算认为，三年大饥荒，中国非正常死亡人口大约为 1700 万。1993 年，上海大学金辉的推算是，三年灾难中，中国农村的非正常死亡人口可能达到 3471 万。1994 年红旗出版社出版吕廷煜所著《中华人民共和国历史纪实》一书中说：“1959 年至 1961 年的非正常死亡和减少出生人口数，大约在 4 000 万人。”中国人口减少 4 000 万，这可能是由于 20 世纪全球范围的最大饥荒造成。最近，上海交通大学历史系主任曹树基的计算结果表明，1959—1961 年，中国的非正常死亡人口多达 3250 万。

2005 年 9 月，中国民政局官员在新闻发布会上说：“‘三年自然灾害’的数字我们不掌握”。“前事不忘，后事之师”，有学者认为，趁熬过三年困难时期的老人们还健在，社会各界应共同深入调查，用政府和民间“两条腿走路”的方式，完成这一浩大的抢救工程，为共和国留下可资征信的完整材料。

时间过去40多年了，我总觉得，历史一旦靠专家学者来研究，就很难还其本来面目。但这并不意味着，我们可以忘却那段历史！

2006年9月12日

中国的“运动”

如今，不少干部坐在办公室里，不去真心、耐心地倾听农民的心愿，反而一而再再而三地为农民“一手操办”跟自己政绩相关的“新农村建设”，其结果可想而知了。

前一段时间（大约是 8 月 17 日），我在作家陆天明先生的博客上看到了这样一篇文章标题——《建设新农村，要把心放正》，该篇文字不多，抄录如下：

“建设新农村，鼓舞人心。但切忌口号喊在嘴上，功夫做在表面上，干部拿去当升官的本钱，农民依然没有得实惠。我家住在京郊。该口号提出后，我家斜对面的镇政府附近‘花团锦簇’了，但离镇政府仅几百米的村子里却依然如故。请看前天早上我拍的几张照片。”

在这段话的上面，是陆先生摄的几张照片。

陆先生不愧是国内的著名作家，其洞察秋毫的功夫如此了得。这不，时隔不久，9 月 4 日的中央电视台《焦点访谈》报道，为了迎接一个在当地召开的新农村建设现场会组成的参观团的“检阅”，江西省衙前镇的一些干部，竟刻意曲解中央关于新农村建设三令五申的有关文件实质精神，不顾农民的现实能力和意愿，以硬性命令形式让该镇上芫村 200 多户农民将沿路两侧肉眼能看得到的房屋、厕所、牛棚等翻新重盖，来不及重盖的则一律涂上白色，以致出现了有农民在墙上挂白布当新墙的闹剧，真是让人听后哭笑不得。结果是参观团和当地干部的心情愉悦了，而在外打工农民不得不误工回乡，不少农民则为了这个“面子工程”背上了少则几百元、多则数千元的债务……

相信很多人看到这期《焦点访谈》后内心里也不觉愤怒起来：如此“面子新农村”到底是帮助农民，还是祸害农民？这些干部究竟是一心为群众着想，还是为自己政绩和面子着想？正是有了以上的想法，我才鬼使神差地想起了中国的“运动”，我真的很担心，“新农村”建设会不会又是一场声势浩大的“运动”？

“运动”这个词，在词典中的解释是“政治、文化、生产等方面有组织、有目的的声势较大的群众性活动”。从新中国成立以来，这种运动几乎每隔几年就有一次，有的干脆一个运动搞几年。我们不妨来看看这些“运动”的历史。

1951 年 9 月，中共中央决定开展农业互助运动，同时，对知识分子的思想改造也开始；同年 12 月，中央决定在全国开展“三反”运动，即反贪污、反浪费、反官僚主义。1952 年 1 月，“五反”运动在全国开展，即反行贿、反偷税漏税、反盗骗国家财产、反偷工减料、反盗窃经济情报。10 月，“三反”“五反”运动结束。

1957 年 4 月，全党范围的整风运动开始，6 月，整风变成了反右，中央原定在全国批判右派 4000 人，结果控制不住，批了 55 万人。1958 年有两个运动，一个是“除四害，讲卫生”，“首都人民六天歼灭麻雀 40 万只”，还有一个就是大炼钢铁。

1960 年 3 月，中央决定在农村大办公共食堂，要求 80%以上的农村人口到食堂吃饭；1963 年 5 月，农村“四清运动”开始，即清账目、清仓库、清财物、清工分。

1964 年 2 月，工业学大庆。1966 年，“文化大革命”开始（这个“革命”一搞就是10年)；1968年12月，毛主席号召“知识青年到农村去，接受贫下中农再教育，很有必要。”

1970年，人民日报发表社论，号召“农业学大寨”。1971年底，“批林批孔”。1973年12月，北京日报发表《一个小学生的来信和日记》，黄帅扬名，全国掀起“反潮流”运动。

以上这些“运动”如疾风骤雨，横扫全国，使国人一次比一次狂热，一次比一次让人“心惊胆战”。但从1978年12月的十一届三中全会决定把工作重点转移到经济建设中来后，一些“运动”又不温不火。如“致富思源、富而思进”的“双思”教育、“三讲”教育等，虽然集中学习的是党员干部，但“思”了“讲”了，效果只有组织部门知道。

建设社会主义新农村，党和政府的出发点固然好，但我不希望这只是一场改革开放中的社会主义“运动”，如果真是这样，这个运动很可能还是会草草收场。

还是回到本文开头的《焦点访谈》，镇干部在接受采访时说：“农民的这些房屋迟早也要改造的，我们只是使他们加快了步子。这些房子改造起来其实也蛮简单的，农民肯定是愿意盖的，不然怎么都改造了呢？”

农民做了的，就是愿意的！这是什么逻辑？千百年来，安分守己的绝大多数中国农民对待上级的命令已经形成了被动接受的习惯心理，不是到了万万不能忍受的地步，有几个农民敢违背政府命令？更何况，乡镇村干部还加上一句“如果不拆就派人强拆”！

令笔者内心深感不安的是，如今，在很多地方，不少干部依旧有着“搞运动”的心理，打着建设社会主义新农村的大旗，坐在办公室里，不去真心、耐心地倾听农民的心愿，反而一而再再而三地为农民“一手操办”跟自己政绩相关的“新农村建设”，其结果可想而知了。

2006年9月13日

关于尾巴

如果你真的长出了一根尾巴，或在无意识中翘起了尾巴，在人们的面前招摇，说不定会有人像我的邻居三爷一样，提一把利斧，将其齐根拿下。

人与其他动物有很多区别，没有尾巴也是区别之一。据说，人在生命的初始阶段也是有尾巴的，随着胎儿的发育，人的尾巴便和小蝌蚪的尾巴一样，逐步异化、脱落。所以，在人的脊柱末端，便留下了尾骨。

对人类来说，没有尾巴的确是值得庆幸的。我们可以想象，人一旦有了尾巴，其后果将会怎样。譬如说，乘公交，上电梯，便有了被门夹住尾巴的危险；做坏事，逃遁间，也有了被人抓住尾巴的可能；隐蔽时，藏匿中，更有了露出尾巴的麻烦。但没有尾巴对有些人来说，的确是一种遗憾，否则，他们会在美丽的裙装上面，做一个色彩斑斓的丝质尾套，或将尾巴用“海飞丝”梳洗得油光铮亮，再扎上一个蝴蝶结之类的尾饰，的确是一个张扬个性的绝好机会。

到目前为止，我还没有见过一个长着尾巴的人，但这并不表明人的尾巴在真正意义上是没有的，在每个人的潜意识中，尾巴是的的确确存在的，只不过是把它“藏”起来而已，这也是一种残肢效应[1]。社交的圈子越大，交往的对象越广，经历的坎坷越多，“藏”着尾巴的可能性就越大。为了防止你的尾巴在暗处被人狠狠地踩上一脚，你便会不断地警告自己：夹着尾巴做人，因为有人要想伤害你，只需对尾巴出招便行。“文革”期间，不是有人善于揪辫子吗？其实，揪尾巴比揪辫子来得更顺手。一旦辫子被揪，你还有拳脚牙齿还击，如果人把你尾巴一拎，即使你使出浑身解数也无计可施，任人宰割。

动物以自己的尾巴为自豪，它们在人类面前大大咧咧，毫无顾忌地摇来晃去，一般是没有人去憎恨它的尾巴的。但也有例外，我的邻居刘三爷曾经将家养大黄狗的尾巴齐根斩去，目的是为了在狗咬狗中没有后顾之忧。没有尾巴的人类倒要夹着尾巴，究其原因，是人类在 “尾巴”上受到的伤害太多的缘故，造物主也深知尾巴的害人之处，所以叫人类在未出生前便没有了尾巴，这样便可在涉世后省去许多麻烦。但那失去尾巴的疼痛，在人类的脑海里形成了深刻的记忆，在经历了各种各样的洗礼之后，这种疼痛尤为深刻，而造成这些疼痛的，都是因为人类有思想。

动物们没有思想，所以它敢把尾巴像旗杆一样翘上天。因为动物之间的争斗是很少咬对方尾巴的，它们知道，咬住对方尾巴是不会置对手于死地的。而人类揪尾巴的动机便不一样了，置对手于死地便触犯了法律，杀人者偿命。抓住你的尾巴并狠狠地踩上几脚，既不殃及生命，也不会使身体的主要部件致残，让你在没有后顾之忧之中感受刻骨铭心的疼痛，这就是作为万物之灵的高明之处。

人常说，老老实实做事，夹着尾巴做人，这不愧为一句金玉良言。但夹着尾巴的人，心态各有不同。有的人夹着尾巴，是一种谦虚谨慎、戒骄戒躁的表现；有的人夹着尾巴，是一种卧薪尝胆、韬光养晦的象征；有的人夹着尾巴，是胆小怕事，谨小慎微的懦弱。

---

① 残肢效应：做过截肢手术的人有时会觉得失去的肢体仍然长在身体上。

从人们夹尾巴的态度中，可以反映出他们的人生观、价值观。

人是有尾巴的，它不在屁股后，而是在意识中，如果你真的长出一根尾巴，或在无意识中翘起了尾巴来，在人们的面前招摇，说不定会有人像我的邻居三爷一样，提一把利斧，将其齐根拿下。如果真是这样，你便会失去“夹”尾巴的权利，到那时，想“夹”尾巴都没有这个机会。

2006 年 10 月

作秀的“公开道歉”

迟来的道歉，能不能就此解决问题？这尚且还是个未知之数。列车上餐饮之高额的利润，就是来自于垄断，这是地球人都知道的，为什么铁道部长就不知道？

近一个时期以来，政府官员因为工作不力或失职而公开向公众道歉的现象屡见不鲜，从突发灾难、特大事故，到民众的日常生活，越来越多的政府官员通过媒体神态凝重地向公众公开道歉，已成为官场生态中一大热点。

前不久，因对“在火车上吃了一份价格达 15 元的白菜”表示不满，昌平市民姜海程写信将此事反映给了铁道部部长刘志军。为了这件事，部长公开道歉，列车餐车长还被停职。

火车上的餐饮问题，我写过不止一次，2001 年我写过，后来，在我 2004 年出版的杂文集《酒后的话》里，我还写过《给火车餐车长的一封信》，讽刺餐车上的菜价和米饭里的石子。大概是四五年前吧，我坐火车到宜昌，到了吃饭的时候，大家都起身从行李中拿出自带的方便面和水果，而我买的盒饭里，竟然吃出七八粒石子。

2006年12月初，我到江苏出差，整天在路上疲于奔命，回京时，晚上吃的是方便面，在从连云港到北京西的1504次列车上买的，5元一碗。由于在外面采访吃饭很不自由，要陪主人喝酒，不喝他们就说北京来的记者面子太大，没有办法，只能让自己的胃受罪。既然任务结束了，我吃什么当然我做主。在火车上晃晃悠悠一觉醒来，想喝点稀饭，于是我从十二号车厢来到十号餐车。

我到餐车一看，稀饭、面条、包子、咸菜都有，便问多少钱，服务员答话了：十五块钱一套。我问，一套是什么意思？人家说了：一碗面条，一碗稀饭（需要说明的是，碗虽很小，但我的饭量也不大），一碟咸菜，两个包子。我问，单卖可以吗？回答很干脆：不卖！

说句实话，我不是舍不得钱，真的是舍不得浪费啊。十五块钱一套，我连一半都吃不完，何必呢？让我郁闷的是咽不下那口窝囊气，你看服务员的态度，一副小人得志的样子。但我又想，总不能和小人一般见识吧？于是自己给自己找了个台阶下，回来后又买了一盒方便面。

回到单位，上网看新闻，新闻说，铁道部长刘志军为餐车食物太贵而向乘客公开道歉了。事件的起因是一位乘客花15元点了个菜发现质次价高，还吃不饱，一气之下，投诉到了铁道部长那儿。部长震怒之余，公开道歉。

读了这条新闻，我真想骂娘。多年来，列车的食物一直都是这样质次价高的，不知道身为铁道部长，为什么会到了今天才知道？大概，部长坐火车也是自带干粮，或吃的方便面吧。

迟来的道歉，能不能就此解决问题？这尚且还是个未知之数。列车上餐饮之高额的利润，就是来自于垄断，这是地球人都知道的，为什么铁道部长就不知道？

说一句抬杠的话，你铁道部长也不是出生在火星上，或者说你的亲戚朋友都是高干，没有坐过火车。质次价高是火车上餐饮的特色，难道你不知道？这次你道歉了，是不是也是在公众面前“秀”了一把？

如果你回答“不是”，那么我就等着中国火车餐车上的饭菜价格降下来，总之我经常出差；如果你道歉了，而且不改餐车饭菜价格之贵，不是作秀，还能作如何回答？

古人云：“听其言、观其行”。政府因为决策失误、运行失误、实施失误等问题发生后，官员能真诚的道歉并进行深刻的反思，这是一件好事，但更重要的是要有改正错误的行为，从这个意义上说，官员检讨和道歉后，只是一个起点，而绝不是终点。

2006 年 12 月 14 日

关于道德的“问题”

在“反右”中，中国知识分子为了苟且偷生说假话了；“文革”中，中国的平头百姓在知识分子的示范下狂热了；市场经济中，中国人“一切向钱看”了。

这个年头，坏消息特别多。吃的怕有毒大米、毒韭菜、毒奶粉、注水肉、地沟油等，走路怕遇到“彩虹桥”，天价医疗费，上不起学，看不起病，买不起房，工业污染，“禽兽”教师，贪官多，假话多，骗子多……

这些事看似风马牛不相及，然而如果追根究底，就会发现这些问题只有一个根由——社会的道德失范。

道德失范是从什么时候开始的呢？我把它分为三个阶段，为今后研究历史的学者们指出一个研究方向和方法。

第一个阶段是 20 世纪 50 年代的反右派斗争，第二个阶段是 20 世纪 60 年代文化大革命，第三个阶段是 20 世纪 80 年代改革开放。

我和一位经历过右派生涯的老教授有过一次刻骨铭心的交流，他说，知识分子在那种形势下，没有了良心，没有了道德，能够坚守道德底线的人很少。在那次运动中，可以说是“为人师表”的中国的知识分子被逼得“集体”说了假话。中国几千年形成的道德遭受了第一次重创。

文化大革命时，我还是个懵懂的孩子，但我看过批斗大会上，女儿和父亲“划清界限”、学生打老师的耳光，兄弟分成两派。这两次“运动”把中国人整得人人自危。中国的传统道德遭受了第二次重创。

第三次呢？就是“市场经济”的改革开放，把每一个中国人都整到了钱眼里了，一切向“钱”看。中国的传统道德遭受了第三次重创。当然，一切向钱看并没有什么不对，关键是这个时候的人已经没有了信仰。可以这样说，金钱是现在中国人的唯一信仰。一些人为了钱不择手段就在所难免了。

在反“右”中，中国知识分子为了苟且偷生说假话了；在“文革”中，中国的平头百姓在知识分子的示范下狂热了；在市场经济中，中国人“一切向钱看”了。

在中国古代的文学作品与日常生活中，“循环果报”观念教育了一代又一代人，我们的祖先不是不能做坏事，而是他们相信报应。在他们的内心深处，都惧怕一个人物，就是阎王。

阎王在中国民间影响很大，传说他是阴间的王，人死后都要到阴间去报到，接受阎王的审判，生前行善者，可升天堂，享富贵；生前作恶者，会受惩罚，下地狱。中国道教中，又有十殿阎罗之说。十殿阎罗是中国道教所说的十个主管地狱的阎王的总称，这一说法始于唐末，他们分别是：秦广王、楚江王、宋帝王、五官王、阎罗王、卞城王、泰山王、都市王、平等王、转轮王。此十王分别居于地狱的十殿之上，因称此十殿阎王。

现在好了，庙宇拆了，神鬼没有了，还有什么好怕的？唯一可以怕的就是法治。

法治是个好东西，但可惜的是这个东西到中国“水土不服”。市场经济也是个好东西，而现在看，它只能使这个国家“仓廪实”与“衣食足”，但它却不关心“知礼节”和“知荣辱”。于是，各种各样的社会问题就来了。

至此，道德我们就不能不关注了。而“道德失范”正是这些“坏消息”最为重要的根由之一。金钱大潮的冲击、人际关系的冷漠、公共权力的失控，这一切又加剧了道德的崩溃。

说到这里，我突然想起，西方好多国家治理国家是用法治和圣经，法治规范了人们的行为，圣经规范了人们的心灵。而我们中国呢？只有法治，而规范我们心灵的信仰在哪里？如此看来，不出问题才怪呢。

纵观历史，道德出问题不止一次，如众所周知的成语“礼崩乐坏”。礼崩乐坏是对东周时期典章制度逐渐被废弃的一种形象描述。在春秋中后期，由于生产力的发展导致在经济基础、上层建筑领域出现了与周礼要求不相容的局面，具体表现在势力强大的诸侯开始变王田为私田，变分封制为郡县制，政权不断下移，并纷纷制定自己的法律。这些都反映了周代封建社会（“封邦建国”，非马列的封建意识形态）正走向解体。

道德失范问题该如何解决？中华民族的精神家园究竟在哪里？写到这里，忽然想起一次我对中国社科院政治学研究所副所长房宁的专访，而这次专访的内容也就是探讨传统价值与现代价值，记得那次专访是在一个光线比较柔和的酒吧里。我问，我们这一切的努力是为了什么？生活的真正意义是什么？难道我们的劳作仅仅就是为了过好日子？什么是好日子？如何定义幸福？

房宁说，这些问题也就是我们现在重新提出的价值问题。今天，我们正面临着寻找中华民族精神家园这个大问题，需要进行文化重构。如果文化不能建构，我们只能随波逐流；如果文化能够建构，需要我们在传统与现代、“神性”与“俗性”之间找到一种新的综合。当然，至少在目前，我们对这些问题的思考还滞留在若明若暗之间，在似有似无之间。

房宁的话，值得每一人去思考。

2007年6月15日

记者咋就这么狂

新闻记者这种职业，就现在的情形看来，似乎人人都可以干，但要干得尽职却不是一件容易的事。一个能恪尽职守的新闻记者，他须有坚贞的人格，强劲的毅力，丰富的学识。

2007年6月4日，《第一财经日报》刊载了该报首席记者章轲的一篇文章，叫做《记者的德性》，文中这样写道：

5月30日中午，我们“2007地球第三极珠峰大行动”记者团一行来到西藏定日县曲宗巴松完小，这是西藏海拔最高（4 700多米）、建在山坡上的学校，条件十分艰苦。当听说我们要来，老师们早早就顶着烈日站在校门口迎接。

但记者们到来后，一件出乎意料的事情发生了。一位戴着墨镜的电视台记者盛气凌人地走到扎西校长面前，生硬地问：“你是校长吗？”“我是。”校长有礼貌地回答。还没等校长说第二句话，这位记者马上说：“你听我说。”正午的太阳让校长睁不开眼，他下意识地用手遮住阳光。但这时，那位记者下命令式地对校长说：“把手放下！”而在之后对学生的采访中，这位记者的架势更让小学生们吓得说不出话来……

对于章轲先生的感慨，我深有同感。本人也在北京的媒体圈工作，总会遇到一些媒体界的“狂人”，他们把社会给予的“无冕之王”当了真，并自封自己为“无冕之王”。这个认识上的错位使一些记者狂妄无比，经常在谈吐中露出跟中央×××或××部委领导关系“铁”，没有他办不成的事，有的还大言不惭地说跟谁谁谁是哥们，本事通天！中国人民大学教授朱维民曾经在和我的一次交谈中说，有的人把记者这个职业当作官当了，诚哉斯言！

我认识一个记者，名片上印了几个媒体名称，职务是主任，还有什么“内参”的主编，总之仅职务就让人眼花缭乱。此人逢人便说自己专攻“负面报道”，但到网上搜索他的文章，不过了了一两篇。此人一般不下去采访，主要是到网上搜索，国家整顿土地，他就到网上搜索哪里有土地违法，国家整顿化工企业，他就到网上找被媒体批评过的企业，然后添油加醋的再加工，传给“目标”企业或政府，然后等企业或政府来“摆平”。可以这样说，这样的记者在北京不是个别现象。

有一次，我在江苏某市采访，遇到了某某杂志的一男一女两个记者，奇怪的是，平面媒体的记者居然还带了台摄像机，更让我感到奇怪的是，这两个记者在被采访单位的工作人员叫他们吃饭的时候，竟然说：“常委宣传部长不出席，我们就不吃饭，你们这里也太瞧不起人了，对我们来很不重视！”任凭人家怎么解释，就是不吃饭。我实在看不下去，就说：“难道常委宣传部长陪你吃饭，就代表人家重视你了？”他们倒火了：“如果他们市里的领导不出面，我非把这件事情弄大不可！”

可以这样说，我在北京的媒体圈工作，老家的宣传部没少“烦”我，每年都有几次，他们来京没有别的事，主要是找我帮他们“灭火”，宣传部长成了“灭火部长”，连我都感到非常气愤。但面对一些不负责任的记者和媒体，他们也感到束手无策，他们常常这样说，虽然他们写的与事实不符，但如果文章真的刊登了，政府形象受损，吃亏的还不是地方？！所以他们不管工作怎么忙，都要到北京来“解释”。

有一次，老家的宣传部又来人了，说被某媒体“捅”了。我于是把写文章的几个人约出来，看他们怎么表演，有一个叫做陈某某的主编对宣传部长说：“我和你们县的书记是铁杆哥们，他从某地调到你们县做‘一把手’，就是通过我和省委组织部打招呼的。其实，如果他要听我的话，多少花一点，完全可以做某某市的市长。你们县的问题很严重，如果不是看在你们书记和我老朋友的份上，文章早就见报了。你们来了也好，证明你们非常重视这件事。这样吧，如果你们同意，打 10 万到报社，做个广告，我就把稿子撤了……”

列位看官，这些话哪里像记者说的？简直就是劫匪！现在，还有的记者真是唯恐天下不乱，他们捕风捉影，道听途说，有的甚至胡编乱造。这些人写作奉行“尖叫原理”，什么吓人来什么，基本是丑闻、绯闻、秘闻、传闻和谣言。每天就盼着有坏消息出现，如果没有坏事出现，就设计个坏事。一位社长就曾这样要求手下的编辑记者：一要抓重大新闻，二要抓有影响的新闻，三要不怕被写单位与我们打官司，这样杂志就出名了。

就在最近，一位媒体记者又来我们的老家挑毛病，说县城原来没有霓虹灯，现在怎么就有了霓虹灯？这样做是不是有点不节能？我真的想问这个记者，哪个城市晚上不是灯火通明？你怎么不去写？偏偏要采访一个刚刚亮化的县城，并把稿件传给当地的政府，真是司马昭之心路人皆知啊。

可以这样说，在北京的媒体圈，有不少“记者”连自己的名字都写不周全，其素质可想而知。那么这些人又怎么进入媒体的呢？有的靠关系，有的靠忽悠。有关系的，托人先介绍到媒体工作，后来就成了“记者”。会忽悠的，就是找媒体谈经营，一年上交多少钱，只要给钱，学历与否、能力与否都无所谓。合同一签，他们就成了“记者”，到处忽悠，他们基本不写文章的，或者说压根就不会写，只是叫被采访单位“写一像样的文章”带回即可，然后署上自己的名。

媒体被推向市场后，有一些媒体的确是顾此失彼，他们不得不向“钱”看，这就给一些不学无术的骗子带来了机会。我认识一个“记者”，开始说自己在《人民日报》，后来到一家期刊社做河南记者站，这个人连自己的名字都写得歪歪斜斜，在某市来“摆平”稿子的时候，连周恩来、朱镕基、温家宝三个总理都说不清，结果被来者嗤之以鼻。还有一个姓高的“记者”，说自己是《人民日报》的，到处招摇，不知在哪里弄了20万元广告款，打到了《中×××报》，这个报社竟然派他到陕西做记者站长了，需要说明的是，这个人在新闻界混了很多年，一篇文章都没有写过，说到底，就是不会写。

现在看来，新闻记者这个职业，好像什么人都可以干，在不少骗子和混混的口袋里，装的都是新闻出版总署发的记者证。其实，记者证只能证明这个人是记者，但不能证明这个人就是严格遵守职业道德底线的人。这些人怀里揣着记者证，以曝光为要挟，严重败坏了记者的声誉，所以有的地方干部说，防火防盗防记者。还有的说，天不怕，地不怕，就怕北京打电话。

我并不是丑化媒体这个行业，这个行业有它的魅力，也有它的龌龊，中国有什么，这个行业就有什么，媒体并不比其他行业高级。老报人王芸生说：“新闻记者这种职业，就现在的情形看来，似乎人人都可以干，但要干得尽职却不是一件容易的事。一个能恪尽职守的新闻记者，他须有坚贞的人格，强劲的毅力，丰富的学识。”那些狂妄的“记者”们啊，你离前辈的要求究竟有多远？面对前辈的遗训，难道你不感到羞耻和脸红？

2007年6月27日

专家怎么了？

为什么专家学者会一而再、再而三地被普通民众置于“对立”的境地，一而再、再而三地遭遇批判和质疑呢？是这个精英阶层的确很令人失望，还是国人全变成了怀疑主义者？

2007年6月15日凌晨，325国道广东佛山九江大桥发生一起运沙船撞击桥墩事件，导致九江大桥桥面部分断裂，交通中断。20日，九江大桥船撞桥梁事故技术鉴定专家组召开新闻发布会，会议进行了约半小时，发布会以出席会议的两位专家组成员“急着赶飞机”为由突然宣布结束。在发布会上，专家组表示，此次事故与大桥无关，船撞桥事故发生前结构处于安全状态，大桥设计有一定的前瞻性。

会议的突然结束和“无关桥事”的结论都引起了公众的关注。一些桥梁专家提出了不同看法。广东省政协常委、桥梁设计专家黎宝松认为，现在提出“不关桥事”的结论太武断。21日，技术鉴定专家组的一位核心成员针对公众意见表示，他们只是得出大桥在被撞断裂前处于安全状态的结论，并没说大桥没质量问题。

“在被撞断裂前处于安全状态”这句话，

听起来似乎有道理，可细细想来，却经不起任何推敲，因为现在很多的“豆腐渣”工程在没有垮塌前也是处于“安全状态”的。重庆的“彩虹桥”便是一例。

不知是现在人们的素质提高了，还是专家的素质降低了，我总觉得现在一些“专家”们如同喝醉了酒，满嘴胡话，他们不仅难以赢得社会的尊重，而且很容易成为公众的讨伐对象。这些专家不乏一些领域的知名人士，但他们的一些观点、理论，往往与民意相去甚远，常常成为社会口诛笔伐的对象。

世界银行的一份报告在中国国内引发了广泛关注和热烈讨论。报告说，中国人上网费用占收入比例，要高出发达国家 10 倍。这个消息，在中国已经非常脆弱的个人支出合理性领域，再一次引起了轩然大波。北京邮电大学教授、博士生导师、信息经济与竞争力研究中心主任、英国剑桥大学博士曾剑秋针对报告观点称，“科学的标准当然是绝对值比较法。以中国宽带包月服务为例，一般价位在 80～120 元，而美国、英国等国相关费用在 20 美元左右，中国的资费远低于很多发达国家。”请问曾教授，美国人平均月收入是多少？这个绝对值你怎么不提？

“专家”的所作所为，已让我们领教了太多。著名的经济学家在“两会”期间说春运期间火车票应该提价，引来嘘声一片；北师大董藩教授高喊房价不存在虚高，他说：“房地产市场秩序混乱的根源在于民族文化”。这种结论让我认为他连起码的文化知识都没有；杜振华教授的大作《手机双向收费比单向收费更有利于消费者》，在网络上就引发了汹涌的口水战。国家“畅通工程”专家组组长王炜教授的“自行车多是城市交通拥堵的主要原因”，可谓语不惊人死不休。

在物理学方面“很有造诣”（享有院士头衔，该算得上有造诣了吧）的某位专家，近年来“触类旁通”，“关注”的领域似乎越来越广，甚至大胆下结论——“中国传统文化有 90%是糟粕，看看中医就知道了。”后来又有媒体报道，这位老先生“支持批评中医，称阴阳五行理论是伪科学”。原因很简单：他母亲对中医十分反感，反感的原因是，他两岁时父亲得伤寒死了，说是被中医治死了，中医没有西医科学。

前一段时间，一些专家又说，中国人今后不要把“龙”当做中国国家形象的标志了，因为在西方，龙是一种凶猛的怪兽，充满霸气和攻击性，容易引起外国人的误解。而新华社驻外记者对美国、法国、德国、俄罗斯、日本和越南等国居民访问的结果，却发现外国人根本不同意此种看法，甚至认为中国专家应挺起腰杆来，坚持自己的文化传统，不要那样崇洋媚外，专看外国人的眼色行事，这无疑再一次让中国学者大跌眼镜。

2006 年 10 月，零点调查公司发布的调查显示，中国公众对教授、中小学老师、法官的信任度排在前三位。每有重大事件发生，公众总是期待专家学者们能站出来“说句公道话”。这应该是公众对知识分子使命最浅白的认识。人们对专家的信任与尊重，正是基于对科学、知识的信任与尊重。

但面对诸多“睁着眼睛说瞎话”的专家，我们不禁要问，中国的专家怎么了？不久前，来自上海的一项有关“开放条件下舆论引导方式”的问卷调查显示，专家学者在公众心目中的信任度低至14%。这一冰冷的数字，令人深思：为什么专家学者会一而再、再而三地被普通民众置于“对立”的境地，一而再、再而三地遭遇批判和质疑呢？是这个精英阶层的确很令人失望，还是国人全变成了怀疑主义者？

稍微有点头脑的人，再听一听下面的言论就应当知道责任在谁，“中国穷人上不起大学是因为收费太低”；“国有资产即使是‘零价格’甚至负价格转让，国家也不一定吃亏”；“（个人所得税）起征点太高就剥夺了低收入者作为‘纳税人’的荣誉”；“医生收红包可令医患关系更和谐”等，这些话不能不说是学术界的悲哀和学术失德的体现。

专家与老百姓生活在不同的社会空间，不同的空间决定了百姓和专家的思维形式。如今的许多专家已经被公众调侃为“砖家”，出于各自的利益，一个个成了某些行业的“买办”，成了某些利益集团的代言人，成了特殊社会团体在政府内部的“眼线”，成了决策部门的“误导者”，成了金钱的女仆，道德不在其思想行为之列，大众不在其关注视野之内。

应该说，这是非常令人痛心的。虽然我们承认专家学者不是圣人，也有着普通人的弱点，但我却难以靠这样的理由安慰自己。事实上，顶着专家、学者光环的人，确实与普通人是不一样的，他们在政治、经济、社会生活中占有比一般人大得多的话语权重，他们有更多的机会影响决策、引导舆论，他们因此也该承担着更多的社会责任。这个群体信任度的降低，是他们和我们大家共同的悲哀。

2007 年 6 月 22 日

酒后的话

人家的经济为什么搞得那么好？靠的是改革开放。人家的洗头房已经成为一条街了，洗头小姐的衣领往下开（V字领），裤子往下放（露脐装），哪像我们这里，还捂得严严实实？！

记者你喝茶，这是上好的龙井，记者你抽烟，这是正宗的中华。你问我们县如何处理好改革、发展、稳定的关系，容我慢慢道来。

对不起，我先到洗手间去一下。

……

我套用一句老话，改革处于攻坚阶段，发展处于关键时期，稳定面临新的问题。

我没有喝多吧？思路非常清晰，思维非常敏捷，经常白酒、啤酒、红酒“三盅全会”，然后下去指导工作，这点小酒绝对没有问题。在我们这里，不会喝酒还能干什么事？

我们先谈改革，改革就要开放。我县每年春秋两季都要组织县主要领导到沿海经济发达地区考察，那些地方的干部都不怎么喝酒，也很少陪我们吃饭，我们只好自己喝，猜拳行令，老虎棒子鸡，剪刀石头布，在喝酒的同时，总结人家的经验。

人家的经济为什么搞得那么好？靠的

是改革开放。人家的洗头房已经成为一条街了，洗头小姐的衣领往下开（V 字领），裤子往下放（露脐装），哪像我们这里，还捂得严严实实？！这句话不能写到你的文章里。所以我们回来后，也迅速建起了洗头房一条街，号召大家解放思想，改善我们的投资环境。

再谈发展，发展是硬道理。经济不发展就没有成绩。对不起，你抽支烟，我到洗手间去一下……

没有成绩，哪来的政绩？没有政绩，怎么更好地为人民服务？虽然我县环境太差，没有条件，创造条件也要上嘛。我们推出了一二三四五工程，力争两年内全县达到小康县。

一二三四五就是一只小羊两只兔，三鹅四鸭五只鸡，这是一项富民工程，我县上下集中精力抓。你可以算这样一笔账，一只鸡每天下一个蛋，一年就是 300 多个，每只鸡蛋四毛钱，三四就是 120 元，五只鸡乘以 120 元就是 720 元。

什么？是 600 元？怎么是 600 元呢？你看我算给你听：一五得五，二五一十，三八妇女节，五一……六七四十二，你看这不就是 720 元！你喝得比我还多。这样一二三四五下来，就有六七八九十，譬如养个猪啊，母猪再下个崽呀，一年一个万元户，两年基本达小康。还可以吸引外资呀，不过，洋人的 XO 很难喝，比中药还难吃。

我们再谈稳定，以前说稳定面临新的问题，现在已经过时了。我们坚持稳定压倒一切，只有稳定才能促进改革，为发展创造条件。你到这里采访肯定也看到了，打架斗殴现象在我们这里根本没有，你跟我明斗，我有公安局派出所，你跟我暗斗，我有社会上的哥们弟兄，什么事摆不平？

什么？我们这里上访的群众特别多？咳，这是言论自由，充分发扬民主嘛，没有上访肯定不是好现象。

什么？我们这里带黑社会性质的案件比较严重？你帮我查一下，你帮个忙，看看谁狗胆包天乱举报，破坏我们安定团结的大好局面。

对了，这句话不能写到你的文章里。
你渴吗？那茶水有什么好喝的，来杯啤酒。小姐，来一箱啤酒。
对不起，我还以为在醉月楼里呢。
对不起，这个话题差不多了吧？我下午两点还有一个重要会议。

2008年3月31日

名字与文化

很多人在给孩子起名字时，很不讲究，一些不讲究的名字，一旦与谐音联想起来，就有点不好听了。但如果一个地方的名字起得不好，就会影响大家的感受。

起名字，学问可谓大矣。已故著名相声表演艺术家马三立有一个相声段子，就叫《起名字》，他说："起名得根据姓来起，比如这位姓于，起的名字叫'于德水'，如鱼（于）得（德）水嘛，多好啊。那位姓梁，叫梁满仓。嘿，粮食满仓，人寿年丰啊，太棒了！如果根据自己的姓，随便起一个名字，就有可能别扭啦——这位姓于，起名叫于（鱼）进锅，这就等于给炖上了。那位姓梁，起名梁（凉）半截，得，这后半辈子就没指望啦！"

马老先生相声里说的，我估计不会是杜撰的，其素材肯定来源于生活。当时，我们生产队就有一家姓郎的，主人的名字也好，叫"郎登山"。郎登山，这名字多好，好比蛟龙入海般有气势。老人在20世纪80年代去世了，他的儿子还和我是初中同学。

过去穷，很多庄户人家，都没有念过书，生个孩子，首先得起名子啊，于是就找一些念过私塾的老先生给起个名字，这些老先生起的名字，都特有讲究，哪个字是《论语》里的，哪个字是《道德经》里的，哪个字是《诗经》里面的，讲得头头是道，但即使说得天花乱坠，庄户人家还是不懂。他们认为，名字嘛，只要叫着顺口就行。于是，“狗剩”、“铁锤”、“柱子”等名字现在在农村还很常见。

也有人在给孩子起名时，蕴含一种期待，如实施计划生育政策后，有的人家为了生个男孩，就把女孩起名为“招娣”、“来娣”、“盼娣”、“望娣”，“娣”与弟同音，意思一目了然。对生男孩实在没有指望了，就起名叫“亚兰（男）”、“亚娣（弟）”。

一位朋友，1984 年女儿出生，他使出了全身的解数，调动了所有的知识储备，翻烂了《辞海》与字典，绞尽脑汁，冥思苦想，费了很长时间，总算起了一个自己比较满意的名字，叫“天娲”。一曰：雅，有出处，女娲补天；二曰：不常用，不易重名。因此，感觉自己很有文化，不愧为大学毕业。

但后来，孩子上学了，麻烦就来了。一次闲谈，孩子说有两位老师不认识她的名字，第一次一位老师点名，叫她天锅，饭锅的“锅”，尽管不正确，还是可以接受，因为民以食为天，当然就离不开锅什么的，可是第二位老师，就没有这么客气了，当着全班的面，竟然把她名字念成了“天祸”，祸不单行的“祸”，令人既紧张又哭笑不得。

很多人在给孩子起名字时，很不讲究，一些不讲究的名字，一旦与谐音联想起来，就有点不好听了。一位大学教授在一次饭后对我说，某地有一个政府官员，名字叫范建（与“犯贱”谐音），这名字是谁起的？说完哈哈大笑。的确，姓名叫“范建”、“范健”、“范剑”的还真不少。

随便起的名字有的很不雅，有时候还会在孩子走上社会后令其感到尴尬。我的一位媒体界的朋友，讲过他的一个高中女同学，名字叫殷道红，走上社会后不得不改名字。我有一次到位于东四环外的北京××广告公司看望朋友，在墙上张贴的该公司工作人员名单中，就有一个员工，名字叫“×作爱”（隐去其姓）。我和该公司老总某君说，这个人的年龄起码四十以上。某君说对，那时候家长起名字的时候，很不讲究。

一个人的名字起得不好，即使觉得别扭，影响的也就是一个人的心情，但如果一个地方的名字起得不好，就会影响大家的感受。在台湾桃园县中坜市，有一个地名叫做“芝芭里”的里，谐音不雅的地名让很多里民念起来觉得十分尴尬，希望能够通过公投来更名。

有些地名是历史遗留问题，如果改了，还有可能割断历史渊源，但现在的一些房地产开发商，在给楼盘起名时，动足了脑筋，还出力不讨好。在北京，你知道“第一上海中心”吗？告诉你，就在东三环 21 世纪饭店边上。你知道“奥古斯塔城邦”、“凡尔赛河谷——格拉斯小镇”、“10AM”、“中国房子”吗？这些都是地产商开发的楼盘名字，看了这些奇怪的名字，你除了犯晕，还有什么？

最搞笑的一个楼盘，在崇文门夕照寺大街，名字叫“soio·玻璃·海岸·地下铁”，打死我也不敢说开发商没文化，即使说了，也没有人相信，但把楼盘名称起的“没文化”到这种地步，我估计都是被钱烧的，大脑犯迷糊了。

2008 年 8 月 28 日

讨薪咋就这么难?

年终，各地的民工们艰辛劳作一年，总不能两手空空回家吧?得到应得的工资，这是情理之中的事，更是天经地义的事！若说要工资是“恶意”，那么，欠人家钱的就是“善意”？

2007年8月30日《中国青年报》消息：南宁市建委、公安局和劳动保障局日前联合下发了《关于严禁建设领域恶意讨薪行为的通告》，其中5种过激行为被界定为“恶意讨薪”。

对于这个话题，我不想重复发表议论，我只是把我发表在2007年2月号《记者观察》杂志上的文章重新贴出来。我想问一问南宁的官员，没有“恶意欠薪”哪来“恶意讨薪”？以下为评论全文——

“善意”的悲哀

据《现代快报》报道，2006年12月30日上午，29岁的民工刘某爬到南京双桥门一栋24层楼的楼顶平台上，赤裸上身，欲以跳楼这种方式讨回自己的工钱。刘某的弟弟说，刘某从事铝合金门窗安装调试，从今年7月份开始一直没有拿到工钱，刘某也是没有办法，才这么做。最后，刘某在警方的努力下带下楼，警察表示，警方会督促厂方及时支付民工工钱，但警方也要追究刘某的治安责任。这件事如果在去年，又要被冠以“恶意讨薪”。

我的话不是没有根据，2005年12月12日，《新京报》刊登了一篇“295人涉嫌恶意讨薪被拘”的新闻，报道了北京市公安局、建委、劳动局联合召开“规范建筑劳务市场，打击恶意讨要工资”现场会的消息。

不是我不明白，只是这社会变化快！我如果没有理解错的话，“讨薪”就是甲欠乙的钱，乙方向甲方要钱。既然有“讨薪”的人，那么就有“欠薪”的人。欠薪在先，而后才有“讨薪”。中国有句古话：“借债还钱，天经地义！”讨薪一词，本身就是正当的，一个堂堂正正的词，前面却被冠以“恶意”，就如“学习”被说成是“恶意学习”、捐款被说成“恶意捐款”一样，真令人如堕云里雾中。

时近年终，各地的民工们艰辛劳作一年，总不能两手空空回家吧？得到应得的工资，这是情理之中的事，更是天经地义的事！如果包工头、用人单位及时支付民工的薪水，就不会存在“讨薪”一说；如果民工们工资结得非常顺利，我估计没有一个还会向老板要钱？若说要工资是“恶意”，那么，欠人家钱的就是“善意”了？！

正如我的文章开头所言，有的民工在讨薪未果的情况下，可能会采取一些过激措施，近年也有因讨薪而发生血案的报道。但这不是讨薪之过，过在“恶意欠薪”。不从源头上根治拖欠民工工资问题，却想通过给讨薪的民工戴上“恶意讨薪”的大帽子，用“打击”来震慑辛苦一年却一无所得的民工，让他们流汗流血又流泪，我们的一些政府部门已经成为黑心老板的保护伞或帮凶，还能说“代表中国最广大人民群众的根本利益？”

我一直担心，“打击恶意讨薪”将使欠薪者变得理直气壮，将使拖欠民工工资现象愈演愈烈。不是吗？欠你钱又怎么样？你来讨薪，你就要和颜悦色，要察言观色，要低眉顺眼，要诚惶诚恐，要忍气吞声，要善解人意，要适可而止，要踏破铁鞋……因为我的后面有人撑腰！

果不其然，打击“恶意讨薪”今年见了成效。1月17日上午，30余名农民工来到西安市阎良区邮政局门前，将一张张贺卡投进了邮筒。这些贺卡并不是寄给他们的亲人，而是寄给拖欠他们30余万元工资的陕西省第八建筑工程公司。在年末的“农民工讨薪高峰期”，他们这种首先表示出自己善意的方式格外引人注目。一位参与“贺卡讨薪”的农民在贺卡上这样写道：“老母亲又病了，老婆在邻居家又借了1000元，让我早点回去还上。可是我身上连路费都不够，又不能给老婆说，希望领导收到这张贺卡后还钱吧。我祝你猪年发大财。”

春节将至，讨薪的民工为了不被“打击”，于是用发贺卡的“善意”来讨“黑心老板”的欢心，还有的媒体推出了“讨薪路线图”。这幕“黑色幽默”的本身已经足够带给人们太多的反思——如果能有更好的维权途径，备受煎熬的农民工何至于要把廉价的赞美献给那些盘剥自己的雇主？一张贺卡的价格或许并不昂贵，但是对于这些基层弱势群体而言，每一分钱其实都弥足珍贵，他们又怎能如此毫不吝惜？面对这种弱者悲哀的生存智慧，理应有人因此而感到羞愧。

因此，我为“贺卡讨薪”的农民工感到委屈。欠债还钱，干活给钱，是天经地义的事，这批农民工，完全可以理直气壮、得理不饶人地向包工头催要工钱，何必表现得如此谦卑？说真的，一个等着工钱给老母亲治病、给儿子交学费的农民工，当血汗钱被无端拖欠时，还能表现得如此理智，这是多么难能可贵！但话再说回来，他们又能怎么样呢？如果讨薪的行为一旦“过激”，等待他的将是“治安拘留”。如此说来，“贺卡讨薪”是没有办法的办法！

2007年8月31日

年终，你将鞋子扔给谁

在我选择扔鞋的九个人物中，有政府官员、商人、学者、作家、社会闲杂人等，请问读者，如果让您选择扔鞋的对象，您会将脚上的鞋子扔向谁？

2008 年 12 月 14 日，在美国总统布什与伊拉克总理马利基举行新闻发布会的时候，一位名叫扎伊迪的电视台记者突然站起来，一边把他的一只鞋扔向布什，一边用阿拉伯语大喊：“这是告别之吻，你这条狗！这来自那些孤儿寡母和在伊拉克丧生的人。”布什见状急忙把头一低，鞋子“嗖”的一声从布什头上飞过，击中他和马利基身后的墙。扎伊迪紧接着投出第二只鞋，依然没有击中目标。

鞋子虽然没有扔到布什身上，可第二天，也就是 2008 年 12 月 15 日，互联网企业家 Briton Alex Tew 创建了一个名为 sockandawe.com 的在线视频网站，邀请网络用户向布什扔鞋子。网民不仅可以向布什扔鞋子娱乐自己，还可以发泄心中的怨恨。

在阿拉伯文化中，用鞋子打人是对客人的最大羞辱。其实，在中国，也有不少地方流传着扔双自己穿过的旧鞋子可以去去霉运的说法。因为在汉字中，“鞋”与“邪”同音，此所谓扔鞋即扔邪也。

既然扔鞋子可以给人以最大的耻辱，又可以驱邪，哪个在社会上混的人能在一年365天的工作中没有遇到过一些不愉快的事情？哪个人能说一年来的事情都一帆风顺？这么个一举两得的事情在年底到来时何不试一试？我下定决心，将元旦在家买的意尔毛皮鞋穿上，换下已经破旧的飞达皮鞋。

可以扔的鞋子有了，但在选择扔给谁时却犯了难。一年下来，自己亲历的事情举不胜举，听到的事情更是多如牛毛，该扔哪些人？哪些人不该扔？在扔鞋子时，是以民族大义为重，还是以个人恩怨为重？最后，我选择了前者。

在2008年的一年中，如果选择10个人作为我扔鞋子的对象，最该尝尝我皮鞋之臭的是如下几位——

1. 以厉以宁为首的经济学家

该扔指数：★★★★★

理由：已经成为利益集团的帮凶

请各位看看这位专家的奇谈怪论，就知道我扔鞋子给他的理由是多么的充分——“医生收红包可令医患关系更和谐。”“什么叫小康，小康概念要拥有两套房，应该鼓励中国人购买两套房，在家住一套，出去休假时住另一套。”“中国的贫富差距还不够大，只有拉大差距，社会才能进步，和谐社会才能有希望。”“8亿多农民和下岗工人是中国巨大的财富，没有他们的辛苦哪有少数人的享乐，他们的存在和维持现在的状态是很有必要的。”“中国穷人为什么穷，因为他们都有仇富心理。”“中国不应该建成福利社会，否则人们便没有危机感，不好好工作。我建议取消所谓的养老保险、失业保险、工伤保险等福利，目的是保持大家的工作热情和能力。”

2．三鹿的田文华和三聚氰胺的制造者

该扔指数：★★★★★

理由：在儿童食品中投毒

曾经引发中国乳品行业“地震”的三鹿事件系列刑案随着审理进程的继续，有更多的事件“源”凶走上法庭。被称为三鹿事件最大“源”凶的张玉军、张彦章在石家庄市中级法院受审。同一天，因涉嫌生产、销售有毒食品，张合社、张太珍，杨京敏、谷国平分别在河北省无极、赵县和行唐县法院受审。除已知原三鹿集团负责人田文华将于 12 月 31 日以涉嫌生产、销售伪劣产品罪受审外，至少尚有 12 名嫌犯待审。至于其中有多少涉“毒”人员，30 日或将再次浮出。食用三鹿牌奶粉和其他奶粉导致泌尿系统出现异常的儿童达 29 万余人。

3．房产局局长周久耕

该扔指数：★★★★★

理由：为利益集团代言

2008 年 12 月 9 日，南京市江宁区房产局局长周久耕例行地通报 2008 年 1—11 月江宁楼市的运行情况时说：“对于开发商低于成本价销售楼盘，下一步将和物价部门一起对其进行查处，以防止烂尾楼的出现。”周久耕局长蹿红网络源于他的奇谈怪论，网民群情激奋，在人肉搜索下，他常抽的 1500 元一条的“九五至尊”香烟，和他先后换过的劳力士、江诗丹顿、帝陀表等四块名表及座驾名车卡迪拉克被公之于世。

4．山西省太原市娄烦县政府官员

该扔指数：★★★★★

理由：草菅人命

8 月 1 日，位于山西省太原市娄烦县寺沟村的太原钢铁集团尖山铁矿发生滑坡，将寺沟村部分房屋、村民掩埋。从 8 月 1 日至 9 月

17 日，当地政府上报的遇难人数一直为 11 人。9 月 17 日，国务院领导看到一位记者在博客中提供的举报材料，作出重要批示，要求调查核实。从 9 月 22 日至 29 日，短短一周，国务院核查指导组就查明死亡失踪 45 人。而这起当初被认为是自然灾害引发的事故，随后被定性为重大责任事故。

5．深圳海事局党组书记、副局长林嘉祥

该扔指数：★★★★★

理由：口出狂言

“你们这些人算个屁呀，敢跟我斗，看我怎么收拾你们。”——2008 年 10 月 29 日晚，深圳 1 名中年男子欲将 1 名 11 岁女童拖进洗手间内猥亵。当女孩父母回头找该男子讲理时，男子竟叫嚣“我是交通部派来的，级别和你们市长一样高！”经网友人肉搜索证实，这名男子是深圳海事局党组书记、副局长林嘉祥。

6．山东省作协副主席王兆山

该扔指数：★★★★

理由：马屁诗词

汶川地震期间，山东省作协副主席王兆山的一首《江城子》以废墟下遇难者的口吻，感叹国家、人民抗震救灾的努力，但是 “纵做鬼，也幸福”和“亲历死也足”、“只盼坟前有屏幕，看奥运，同欢呼”等句子引起网上一片骂声。原文如下“江城子·废墟下的自述/一位废墟中的地震遇难者，冥冥之中感知了地震之后地面上发生的一切，遂发出如是感慨——天灾难避死何诉/主席唤，总理呼/党疼国爱，声声入废墟/十三亿人共一哭/纵做鬼，也幸福/银鹰战车救雏犊/左军叔，右警姑/民族大爱，亲历死也足/只盼坟前有屏幕/看奥运，同欢呼。”这个作家的马屁拍得不是时候啊，读了除了起一身鸡皮疙瘩还是鸡皮疙瘩。

7. 娱乐圈疯狗宋祖德

该扔指数：★★★★

理由：谁红骂谁、谁热毁谁

宋大嘴的开口规律众所周知，就是谁红骂谁、谁热毁谁，这次当然也不例外。近日知名导演谢晋刚刚逝去，他就在自家博客上撰文称其死因暧昧，又说什么谢导和女演员有私情。数年来宋大嘴毁星不倦，从李宇春得癫痫、刘亦菲是变性人，到郭德纲、陈晓旭都要被抓，再到李小龙是双性恋、刘德华香港被打等，要搁一般人早到法院告他了，但明星们心理素质就是好，不但没有一个告过宋大嘴诽谤，也没有一个站出来指责他胡说八道。

8. 四川光亚学校的教师范美忠

该扔指数：★★★

理由：无比自私

5 月 12 日 14 时 28 分，地震发生时，四川光亚学校的范美忠老师不顾学生安危，本能地猛冲下楼，第一个到达操场。事后，范美忠发表帖文《那一刻地动山摇》，说“在这种生死抉择的瞬间，只有为了我的女儿我才可能考虑牺牲自我，其他的人，哪怕是我的母亲，在这种情况下我也不会管的。”范美忠的逃跑行为和帖文中的言论，引发网民热议，并送其绰号“范跑跑”。

9. 睁着眼睛说瞎话的周正龙

该扔指数：★★★

理由：谎话连篇

2007 年 10 月 3 日，陕西农民周正龙用相机拍到一只老虎，10 月 12 日，陕西省林业厅召开新闻发布会，证实周正龙拍到的正是从人类视线中消失了 21 年的野生华南虎，并公布了两张摄影照片，举国震惊，但有网友对照片的真实性提出质疑。10 月 30 日，华南虎最新照片公开，真伪事件再次升级……

在我选择扔鞋的九个人物中，有政府官员、商人、学者、作家、社会闲杂人等，请问读者，如果让您选择扔鞋的对象，您会将脚上的鞋子扔向谁？

2008 年 12 月 30 日

惶惶惑惑的年代

振奋人心的消息，每天都在发生，改革开放的年代，就不缺奇迹，套用一句老话，人有多大胆，地有多高产。中国的经济，正如一列风驰电掣的列车，带着 13 亿人民高速前进。

我们的现在，如同生活在一个诡异的世界里，每个人风风火火，匆匆忙忙，灯红酒绿，惶惶惑惑。是梦吗？掐一掐自己，不是。不是梦吗？怎么每天人不人、鬼不鬼的奔波、忙碌，端起碗就吃肉，放下筷子骂娘？听着说着假话大话空话套话？

大约是去年 10 月吧，有媒体爆料：冰岛金融业在这次全球信贷危机中损失惨重，冰岛克朗对欧元汇率缩水 3 成，外债超过 1 383 亿美元，而其国内生产总值仅为 193.7 亿美元，冰岛面临“国家破产”的危险。

2009 年 6 月 25 日，媒体又称，美国加利福尼亚州这个全球第八大经济体，被迫进入破产倒计时 30 天。加州州长施瓦辛格 6 月 18 日在演讲中呼吁，如果再不及时采取行动，加州政府的现金将于 7 月 24 日告罄，陷入破产境地。

国外是银行倒闭，企业破产。你看看咱中国，哪里不是热火朝天的气氛啊？国家的四万亿元经济刺激方案一出台，地方政府的投资热情就上来了——20 万亿元的投资计划。乖乖，这可是一个不小的蛋糕啊。

于是有人调侃，冰岛不是要破产了吗，干脆咱网民凑点份子，将这个国家买下来得了。也有人开始行动，到美国“抄底”，或者吞并企业。6 月 3 日，通用汽车与中国四川腾中重工机械有限公司就宣布，双方已经就通用汽车旗下悍马（Hummer）品牌的出售事宜达成协议。

6 月初成交的北京市广渠门外 10 号居住用地经过了开发商数十轮的角逐，最后被富力地产以 10.2 亿元的高价买走，使得该块土地的楼面价高达 14 097 元/平方米，土地溢价达到了 242%，创造了新的地王。

6 月底，中化方兴地产公司以 40.6 亿元拿下广渠路 15 号地（简称“15 号地”），该地块楼面价高达 15 321 元/平方米，刷新了上周刚由奥运村乡地块创造的总价、单价纪录，不仅成为北京今年名副其实的“双料地王”，而且成为新的全国“地王”。

这一个个振奋人心的消息，每天都在发生，改革开放的年代，就不缺奇迹，套用一句老话，“人有多大胆，地有多高产”。中国的经济，正如一列风驰电掣的列车，带着 13 亿人民高速前进。当然，我想慢下来是不行的，我们被集体绑架了。

当时听说国家和地方累计投资要达到 20 万亿元的时候，我就和做媒体的德超老弟一边喝酒一边算计：20 万亿元啊，中国人口就照 14 亿，除了 6 万亿元用于重点工程，余下的 14 万亿元每人发 10 000 元，当然，现金是每人 4 000 元，购物券每人 6 000 元，这券可以买砖头造房子，可以买家电，原则上是当年用完。

我们的话还没说完，电视的新闻就说了，哪个地方政府发现金了，哪个地方政府发购物券了……天哪！共产主义就在眼前了啊！我摸摸脑门，不是发烧的，新闻，的确是从主持人的嘴里说出来的。

可偶尔在喝醉酒的时候，我也会摸摸口袋问问自己——工资涨了吗？福利高了吗？答案肯定是否定的。既然工资没涨，也没有什么“外财”，整天瞎高兴个啥？

生活在这个世界，醉酒以后，往往比醉酒之前更清醒：按照一贯的思维，老百姓的收入没有提高，我们口袋的钱也没有增多，怎么房地产老板就敢出高价买地？地价上去了，房价必上无疑，高价的房子卖不出去怎么办？

也许我们太善良，整天还为开发商担心，担心他们的投资受损。可开发商呢，根本就没有我们这样优柔寡断，你看，现在的房价不是一路上去了嘛！

其实啊，我一直担心，房地产这个行业，是迟早要出事的。“目前又出现了当年‘面粉的价格比面包的价格贵’的现象，结果是‘面包’一定会涨价。”潘石屹坦言，北京土地市场的泡沫的确已经出现了。这就如同一个爱玩吹泡泡的小孩子，一边脸朝天空吹着五颜六色的泡泡，一边走向悬崖绝壁。很好看，也很危险。

后来，我又在醉酒后发现，其实，危险的不仅是房地产这个行业，各行各业都有，主要原因就是各行各业都如那个小孩子——喜欢玩泡沫。这个发现，只不过是还没有得到验证罢了。

当然，只要是一个有一点点良心的人，是不希望来验证这个事情的，因为一旦验证，就要用生命的代价，血的教训。但即使我再善良，也阻止不了事情的发生。

2009 年 7 月 3 日

王秘书的“快捷写稿法”

我有一朋友，县政府的一个秘书，整天忙于写领导人的发言稿，连一口热饭都吃不上。忽有一日，他发现很多发言稿可以通用，只是换几个字而已，于是他把给领导写的发言稿保存在电脑里，根据不同的会议换几个关键词，一篇有条有理的发言稿就出来了。为了方便大大小小的秘书免除写稿之累，经朋友同意，把他的“写稿经”公之于众（王秘书说，针对不同会议，在空格里填上“计划生育”、“植树造林”、“规费收缴”、“扫黄打非”、“夏收夏种”、“养猪养羊”、“沼气池改造”、“婚前性教育”、“调整粮经比例”、“冬季征兵”、“党员培训”、“开门大接访”、“征地拆迁”、“环境保护”等都可以）。

在□□□□会议上的讲话

同志们：

在百忙之中，我们抽出□天时间，召开这个会议，很有必要。□□□□工作是我们当前工作的重中之重，这个工作搞得好不好，能不能达到预期目的，事关全局。

刚才，我们听了□□□、□□□同志的发言，讲得非常好，非常深刻，分析得非常全面，不仅讲出了□□□□工作的重要性，更讲出了□□□□工作的迫切性。希望各位回去后，要深刻领会、认真学习、传达这次会议精神。为了有计划、有步骤地搞好这项工作，打好□□□□工作攻坚战，下面，我再补充几点：

一、开动各种宣传机器，大力宣传开展□□□□工作的重要性

要搞好□□□□工作，首先要让广大人民群众了解开展这项工作的重要意义，为了让□□□□工作深入人心，我们要开动电视、广播、报纸、黑板报等各种宣传机器，大张旗鼓地宣传□□□□工作，因为这是当前工作的头等大事。这个工作搞得好不好，将直接关系到我们下一步工作的正常开展。当然，这种宣传不是说教式的，照本宣科式的，而是要用朴素的语言，让人民群众听得懂，悟得快，学得深，形成让人民群众自觉参与的良好氛围。只有这样，我们才能在全县范围内掀起开展□□□□工作的新高潮。

二、各单位、部门充分协调，是搞好□□□□工作的组织保证

要搞好□□□□工作，我们全县上下要有一个强有力的组织保证，要尽快成立□□□□工作领导小组，以保证这项工作的顺利开展。各单位、各部门要充分协调，互通信息，不断总结经验，只有这样，才能把这项工作推向深入。目前，有的单位和部门，遇到问题推诿扯皮，严重地影响了我们党和人民群众的关系，在这次工作中，要坚决杜绝这种官僚作风。严禁画地为牢，消极等待，要积极、主动、创造性地开展工作，形成上下一条心，拧成一股绳的团队精神，积极开创□□□□工作新局面。

三、要积极探索开展□□□□工作的新路子

在开展□□□□工作中，我们不能默守成规，因循守旧，要积极主动，大胆探索，充分发挥每个人的主观能动性和创造性，总结在其他工作中取得的经验，举一反三，触类旁通，并把这些经验有效地运用到这项工作当中。在开展□□□□工作的同时，要充分调动广大人民群众的积极性，充分发扬民主，集思广益，

切忌假话、大话、套话、空话，严禁打官腔，要和广大人民群众打成一片，反对个人英雄主义。只有这样，才能有利于□□□□工作的顺利开展。

四、要统一思想，提高对开展□□□□工作的认识

能不能搞好□□□□工作，关键在于我们的思想能不能统一，认识能不能到位，工作能不能扎实，步调能不能一致。我们要从深度和广度上充分认识搞好这项工作的重要意义，要看到存在的困难，不能盲目乐观。要用改革的方法、市场经济的思路，解决工作中遇到的矛盾和问题。各级组织要把开展□□□□工作列入议事日程，每天检查工作进度、质量和遇到的新情况新问题，有针对性地解决工作中遇到的难点和热点问题，只有这样，才能推动□□□□工作更上层楼。

五、严禁利用开展□□□□工作的机会，搞大吃大喝

现在，大吃大喝、铺张浪费之风非常严重，有的单位和部门，检查工作的领导来了，十几个人在中午陪吃陪喝，有的甚至陪玩，这个现象很不好。大家都知道，喝了酒以后，红着脸下基层，有损我们干部的形象；有个别同志，喝了酒以后乱表态，不按组织纪律办事；还有的同志，平时老老实实，喝了酒以后就喜欢和小姐打成一片，这是要坚决反对的。我们要乘开展□□□□工作的东风，杜绝中午陪吃陪喝等腐败现象，要把开展□□□□工作作为密切干群关系的契机，为开展这项工作打下扎实的群众基础。

六、要以开展□□□□工作为突破口，推动各项工作上一个新台阶

□□□□工作虽然是当前工作的重中之重，但不能顾此失彼，要顾全大局，多管齐下，平衡好开展□□□□工作与其他工作的关系，只有这样，才能取得各项工作的全面胜利！

同志们，□□□□工作是一件非抓不可的大事，我们要乘这次会议的东风，真抓实干，大胆探索，同心同德，努力工作，在各自的岗位上，充分发挥个人的主观能动性，把□□□□工作抓出实效，

抓出成绩，为我县的小康和现代化建设作出新的贡献。

以上六点，仅供参考，希望各位回去以后，认真学习和贯彻□□□、□□□同志的讲话精神，为开创□□□□工作新局面而努力奋斗！

谢谢大家！

读者诸君，读了如上的“填空”式会议报告，除了会赞扬王秘书的头脑灵活、十分聪明外，肯定也会想到，每一次会议都是在“隆重召开”中，以这种形式“隆重闭幕”的，至于会议有没有套话空话——嘘——这可是秘密！

2009年2月

论“莲花河畔景苑”的倒掉

楼房倒下，“躺下了还保持优雅的姿势”。有网民这样调侃开发商：“钱都给你了，难道你还要要我的命？”这句话虽然具有“恶搞”的意味，但也真正地揭露了开发商的“黑心”。

听说，上海闵行区的“莲花河畔景苑”一栋13层在建商品房突然倒掉了①，听说而已，我没有亲见。但我却见过未倒的商品房，光光鲜鲜地遍布于各大城市之间，一派生机勃勃的样子，这是改革开放的成果之一。

房地产对改革开放的贡献，不可低估。但我也听说了这样的故事，网友说，以前，有个地主有很多地，找了很多长工干活，地主给长工们盖了一批团结楼住着。一天，地主的谋士对地主说：“东家，长工们这几年手上有点钱了，他们住你的房子，每月交租子，不划算，反正他们永远住下去，你干脆把房子卖给他们起个名堂叫做——公房出售，告诉他们房子永远归他们了，可以把他们这几年攒的钱收回来。”地主说：“不错，那租金怎么办？”谋士说：“照收不误，起个名儿，叫物业费！”地主很快按谋士的话

① 2009年6月27日早上5时30分左右，在没有任何先兆的情况下，位于上海闵行区莲花南路、罗阳路路口的“莲花河畔景苑”一栋13层在建住宅楼突然倒塌。

实行了，赚了好多钱，长工们那个高兴啊！

过了几年，地主的村子发展成城镇了，有钱人越来越多，没地方住，谋士对地主说："东家，长工们这几年手上又有钱了，咱们给他们盖新房子，起个名堂叫做旧城改造，他们把手上的钱给我们，我们拆了房子盖新的，叫他们再买回去，可以多盖一些卖给别人。"地主又按他的话实行了，这次，有些长工们不高兴了，地主的家丁派上用途了，长工们只好打掉牙齿往肚子里咽，地主又赚了好多钱。

又过了几年，地主的村子发展成大城市了，有钱人更多了，地主的土地更值钱了，谋士对地主说："东家，咱们把这些长工的房子拆了，在这个地方建别墅，拆出来的地盖好房子卖给那些有钱的大款还能赚一笔。"地主说："长工们不干怎么办？"谋士说："咱给他们钱多点儿，起个名堂叫货币化安置，咱再到咱们的猪圈旁边建房子，起个名堂叫经济适用房，给他们修个马车道让他们到那边买房住。"地主说："他们钱不够怎么办？"谋士说："从咱家的钱庄借钱给他们，一年 6 分利，咱这钱还能生钱崽，又没风险。"地主又按他的话实行了，长工们拿到了钱，地主的经济适用房到现在才建了一间，长工们只好排队等房子，直到现在，还等着呢。

其实，明眼人一看就知道，这是一个恶毒攻击"中国特色社会主义"的人干的。这个故事杜撰了一个"地主"与"长工"之间的矛盾，地主丧心病狂、变着花样剥削长工。但怎么看都与现在的现实不符，改革开放的形势谁敢说不是一派大好？！

如果不去探讨意识形态问题，只就这个故事而言，我总觉得是缺少一点什么，思虑良久，一直没有个头绪。直到"莲花河畔景苑"在建商品房的倒掉，我才幡然醒悟：原来，在"地主"与"长工"之间，还有一个 "中间人"，这个中间人就是开发商。

关于开发商的故事就太多了，其发家史更不光彩。据说，刚开始的开发商是打着参与政府城市改造的旗号，向地方政府主要领导送钱，然后领导签字批地，开发商拿着批好的土地到银行作质押贷款，银行的钱拿到后就买砖头，砖头刚到工地就卖楼花了，真正的一个“空手套白狼”。

什么叫开发商？说白了，就是西方“资本主义国家”所说的“资本家”，马克思曾经对资本家下过这样的定论：“在100%的利润面前，资本家将践踏一切法律！在300%的利润面前，资本家将甘愿冒杀头危险。”

上海市闵行区一幢13层住宅楼发生楼体倒塌事故，毫无疑问，这是一起非常恶劣、影响巨大的事故。为什么这么说呢。台风、地震这类自然灾害，我们不能阻拦它的发生，但矿难、桥梁断塌、交通事故却是可以避免的，而住宅楼开发这种与百姓生活密切相关的领域，发生整栋倒塌事故，更是难以让人原谅。其恶劣影响倒不是死了多少人，而是让千千万万居民提心吊胆，如果连房子都不安全了，这世界上还有什么不让人操心的事？

商品住宅价格偏高，还在继续上涨，在很大程度上是市场规律使然，虽然民众不愿意承受这一事实，可毕竟还能理解。如果让民众花高价钱买了商品房，还要为其质量担心，那就没有任何道理了。

如果这一事故属于“豆腐渣”工程，则企业的胆子未免太大了，敢拿几百户的居民生命开玩笑。据媒体报道，开发商上海梅都房地产开发有限公司持有三级房地产开发企业资质证书，注册资本仅800万元，以前开发过几个小型楼盘。后又有媒体爆料，说政府官员是开发商的大股东。尽管事故调查结果未出，但我国房地产开发行业门槛低、鱼龙混杂、官商勾结却是不争的事实。

有网民这样调侃开发商：“钱都给你了，难道你还要要我的命？”这句话虽然具有“恶搞”的意味，但也真正地揭露了开发商的“黑心”——为了“提高质量”，应付检查，他们把地上部分做得光光鲜鲜，13层的楼房直到“卧倒”时，窗户玻璃都基本完好，“躺下了还保持优雅的姿势”，谁要说质量有问题，我跟谁急！

但地下部分呢？哪个监管部门也不会像挖“害虫”一样，检查楼房的基础是否牢固、桩基是否够深、桩里是钢筋还是竹竿。也许正是因为这么一点小小的空子，却被开发商作为“开源节流”的突破口。这可能是“莲花河畔景苑”在建商品房突然倒掉的真正原因。也许“砖家”会给出楼房倒塌的多种原因，如“防汛墙塌方”、“建地下车库”、“地基松软”等。

对于这起楼房“卧倒”事件，除了要对一名逝去的工人表示哀悼外，我的心情还是比较平和的，通过这件事，起码可以提高民众如下三个认识：一是可以在看清开发商是多么的“黑心”的时候，将钱袋子捂紧了，什么时候房地产质量上去、价格下来，咱再买；二是不要相信什么买房子可以享受政府补贴这些鬼话，很多地方政府对房地产开展“救市”的真正意义就是在往自己的口袋里装钱（有政府工作人员参股）；三是在买房时，既要看地段，也要看看上面，看看下面。上身穿西服打领带、下身穿着裤衩播音的事我们也不是没有见过，这个社会，啥奇迹不是人创造的？

写到这里，时近中午，我也不想再费口舌，除了想象鲁迅先生在《论雷峰塔的倒掉》结尾部分说两个字——“活该”外，实在无话可说，这样也好，也给读者诸君留下一些评判的空间吧。

2009年7月1日

东扯西拉说水价

水价上涨的根子在哪里？不是为了让水务企业扭亏，不是为了节水，也不是为了反映我国水资源的稀缺程度和水环境治理成本。根子就在一个“钱”字上。

水是生命之源，喝水是人生存的最基本的条件，也是最容易实现的条件。自古以来，即便是穷困潦倒的叫花子，讨饭要钱不易，讨碗水喝还不是件难事。可现在，这样的好景已经不长，在很多现代化的城市，居民正要为喝水而犯愁。

原因很简单，各地水价已经“涨”声四起。4 月 1 日，南京上调自来水价后，无锡、扬州、常州等水价上调方案也排上日程；4 月 27 日，上海市发改委举行居民用户水价调整听证会；5 月 10 日，北京市水务局也透露，将采取调整综合水价、出台节水奖励办法等措施缓解用水危机。与此同时，一些中西部城市也开始酝酿提高水价，6 月 30 日，银川召开污水处理费调整听证会；7 月 11 日，洛阳也公告将于 31 日召开城市供水价格改革调整听证会。

如今的市民，生活中要交的费很多：有房费、水费、电费、暖气费、煤气费、数字电视费、电话网络费、物业管理费等。城市居民如同长工，拿那点可怜的工资，还没捂热，就必须交给这些永久的“债主”。唯一值得欣慰的是，这费那费，唯独自来水的费用是最少的一项。可现在看来，好景已经不长。

这不，7 月 16 日上午，在一场“解读水价问题”的小型论坛上，有专家就语出惊人。世界银行高级环境与市政工程师樊明远说：“其实低水价是资助了高收入者，而不是资助了低收入者。”他解释说，因为高收入者通常用水量大，水价偏低，高收入者可以每天用自来水给游泳池换一遍水，但是低收入者还是用不起。专家的话听起来似乎有道理，但他是否照顾到了低收入者的感受？

近几年，水价的增长较快，不少百姓，特别是低收入人群对此怨声载道。不过，水价的每次上调，有关部门和专家都会拿出所谓的“充分理由”。当然，这次也概莫能外，涨价的理由主要有两个：一是减轻供水企业经营压力，提高市民节水意识；二是长期以来水价构成不合理和水价偏低，没有反映水资源的稀缺程度和水环境治理成本，导致目前水资源浪费相当严重、水污染得不到有效治理。此外，还有一条就是上面刚说的，专家认为低水价是资助了高收入者，而不是资助了低收入者。

其实早在前年，就有专家说：从居民承受力的角度看，我国水价还有约 24%～110%的上升空间。这次中国多个城市准备涨水价很可能就是看中了那 24%～110%的上升空间。为了那“24%～110%”上升空间，就需要找出一些看似很“充分”的理由为幌子来行垄断之实。在笔者看来，这些所谓理由是经不起反驳的。

其一，减轻供水企业经营压力，提高市民节水意识。我们承认有些供水企业常年亏损。但是，我们也有疑问，供水企业的亏损都是水价低造成的吗？中石化也说自己常年亏损，但却能够建极为奢华的大楼，买天价吊灯。如果中石化真的有亏损，那也是亏了国家，富了个人。同样，如果供水企业真的有亏损，那会不会有此或类似于此的原因呢？

其二，目前水价低没有反映水资源的稀缺程度和水环境治理成本，导致目前水资源浪费相当严重、水污染得不到有效治理。诚然，由于现在生态环境破坏严重，水污染也越来越严重，导致自来水的生产成本有所提高。然而，谁又是破坏生态环境、污染水质的“罪魁祸首”呢？多年前，哪条河的水不可以直接饮用？可是，随着高污染工业的上马，很多河已经变成黑河、臭河，别说饮用，就是洗澡、洗衣服都已不可能。

其三，水价偏低，高收入者可以每天用自来水给游泳池换一遍水。但我认为，水价低时，低收入者一样不会浪费水，一两块钱一吨的水，低收入者舍得白白浪费吗？对于遏制高收入者毫无节制的用水其实很好办，可以规定一个人、一个家庭一个月的基本用水量，超过就加价，就这么简单。这么简单的事，不知专家想过没有。

水价上涨的诱因在哪里？不少地方的领导为了政绩，为了“鸡地屁”，大量盲目上马高消耗、高污染工业项目，不但污染了水源，还增加了自来水的处理成本。只有让受益的地方政府和污染企业出钱治理水污染，才能遏制盲目上马污染工业与污染企业乱排乱放。应该政府和企业掏钱的事，如今却强加在居民的头上，让污染企业逍遥法外，这与水污染治理是南辕北辙。

水价上涨的根子在哪里？不是为了水务企业扭亏，不是为了节水，也不是为了反映我国水资源的稀缺程度和水环境治理成本。根子就在一个“钱”字上。专家也好，学者也罢，他们所说的种种理由，只不过是为上涨水价找一些借口而已。

2009年7月22日

名人与人名

这个社会也已经进入不把名人当人看的时代。所以，细细想来，有的名人只不过是你生活中不可或缺的一个痰盂，没有它不行，有它却碍眼。

什么叫人名？这个大家都知道。那么，什么叫名人呢？要说清楚这个词的真实含义，恐怕就难了。为什么要这么说呢？因为名人有一个层次问题。

人有三六九等，工有各行各业。中国十几亿人，能真正成为名人的，真可谓凤毛麟角。如有的人在“圈内”很有名气，但“圈外”的人就不一定知道，如一些名画家；有的人在省内有名，但外省的人就根本不知道他是张三还是李四王二麻子。

我个人认为，所谓名人，是指在行业内通过自己的努力，取得了一定成就，并对社会作出一定贡献的人。这个定义很好理解。但也有一些人的确是出了名的，但算不得名人，如拍摄假华南虎的周正龙，抽天价烟的南京市江宁区房产局原局长周久耕，猥亵女童的深圳海事局林嘉详等。这些人名是有了，但绝对算不得名人的。

我们每个人都至少有一个名字，有的人

名字远不止一个。古人一般都是有名有字有号的，而且大都行不更名，坐不改姓。但即使这样，后人有时候也不免搞错，把杜甫和杜子美弄成是两个人的也不是没有，更不用说看走了眼，把冯京当马凉了。

现在除了作家有笔名，网友有网名外，一般人只有一个名，而不再有字，但是这并不表示这个人只有一个名字，他除了有学名，还有乳名，还有绰号。

说实在的，人名与狗名是没有什么根本上的区别的。也就是说，你虽然是个人，但是除了你生命中有限的几个亲人或仇人之外，再没有人把你当人看，你跟狗毫无区别！央视主持人白岩松就说过："如果把一条狗拉进中央电视台的演播室，然后在黄金时间连播它一个月，这之后，这条狗就成为中国的一条名狗。"

那么，当一条名狗的好处在哪里呢？这个不要我饶舌，大家都知道，既然是条名狗，身价肯定非同一般。这个道理也适用于人，只有当你出名以后，人才会把你当人看！

名人其实也是一把"双刃剑"，一个人一旦成了名人后，有好处，也有坏处。好处是很多人知道了这世上有个你，坏处是出门随时有被"狗"咬的危险。你看那些国家政要和大牌明星，一旦出门参加活动，哪个不是一溜儿保镖在屁股后面跟着。

只要能出名，人们是不惜一切代价的，于是好名坏名都有人争先恐后抢着出。就算是秦桧死了这么多年，今天也还有人在为他到底该站着抑或是跪着发表不同的看法。正因为如此，有很多人发出这样的宏愿：不流芳百世，就遗臭万年。其用心很明显，出名，总比不出名好！

这世上有没有十恶不赦的人？很值得怀疑！总之出名是件好事，但并不是每个人想出名就能出名的，这就需要机缘巧合，天时地利人和。我们大都期待着自己在某一天看见自己的名字"横空出世"，如平地一声雷那样响亮，因为我们知道，一旦出了名以后，别的一些不相干的人就会把我们当人看。这也就是说，名人和凡人是有一定区别的。

那么，名人和凡人的差别在哪儿呢？名人用过的东西，称作文物，而凡人用过的东西，统统被弃为废物。名人做错点事，写出来可堂而皇之地冠以“名人轶事”，凡人呢，就成了犯傻。名人强词夺理，冠冕堂皇地叫做雄辩，凡人当然只是狡辩。名人到社区走一圈，那是平易近人。凡人呢，那就叫“没事溜达一圈”。名人打扮得不修边幅，呼之真有艺术家的气质，而凡人只能被人贬为流里流气的街头混混。名人喝酒，那是豪饮，怎么喝也算不上过，而凡人怎么理论也只能叫贪杯。名人老了，称呼变成某老，而凡人呢，叫他为老某就算不错了。

究竟哪些人才能算得上是名人呢？名人实在太多，鄙人才疏学浅，只能罗列几个。外国的有马克思、恩格斯、高尔基、金日成、克林顿、布什、本拉登、萨达姆等，国内的当然就多了，如孔子、秦始皇、李世民、朱元璋、孙中山、毛泽东、周恩来、朱德、鲁迅、雷锋、成龙、张艺谋等，这些人不管你认识还是不认识，大家都知道。

当然，这个社会名人实在是太多，多得如同天上的星星，即使你想数也数不过来。再加上这个社会，已经进入名人辈出的时代。昨天还是你隔壁的二傻子或黄毛丫头，一夜之间，就会在网络蹿红。什么小沈阳啦，什么木子美啦，芙蓉姐姐啦，网络的点击率已经成为衡量是否出名的标准之一。而有的所谓名人，就如赵本山所言:“什么名人啊，就是个人名!”

也有的人真的想出名，想出名都快想疯了，干脆在自己的名片上做文章，虚假的头衔从正面转到反面。更为不可思议的是，自己在名片或相当于名片的材料上用上“著名”二字。因为一旦“著名”，就不是属于一般名人的范畴。

其实，这个社会也已经进入不把名人当人看的时代。从什么时候开始的？就是自从有了“策划”和“炒作”等词汇之后。一些人通过“非正常”手段把自己捧红后，由于自己的能力也就是程咬金的武艺——三斧头，没落也就开始了。

所以，细细想来，有的名人只不过是你生活中不可或缺的一个痰盂，没有它不行，有它却碍眼。为什么呢？我们茶余饭后，总得有吐口水的地方吧？！

2009 年 7 月 25 日

怎一个“媚”字了得

媚权、媚钱、媚俗现象自古有之，但一般都比较含蓄，像现在这样赤裸裸的就不多见了。难怪有学者感叹：“豪华‘香君楼’，寒碜‘魏源居’，怎一个媚字了得？！”

“媚”这个字，有多种解释方法，褒义的有，贬义的也有。褒义的有“美好、可爱”的意思，如“媚景、明媚、秀媚、妩媚、娇媚”等。也有贬义的，如用卑贱的态度向人讨好叫谄媚，取悦主上叫媚上，取悦于人的神态叫媚色，讨好世俗的人叫媚世，逢迎谄媚的伎俩叫媚术，媚得最恶劣的可能就是奴颜媚骨了。

这年头，世风日下，人心不古，如果让我用一个字来形容这个社会，一个“媚”字足以代表当下的世风。前几日，和朋友聊天，就谈到了这个问题。我稍微总结了一下，媚权、媚钱、媚俗、媚色现象可谓无处不在。

先说说媚权。很多人都这样做，只是彼此心照不宣。找个权贵做后盾，事情就会好办许多。贾雨村能够昧着天理良心枉法，乱判葫芦案，就是受那张护官符的暗示。其实，自古以来，媚权者如过江之鲫。

2009年5月，陕西省铜川市第一中学招

生，要看学生家长的工作单位，只招收公务员子女，引起许多群众的不解和质疑。招生工作人员称，新校区主要解决市委、市政府工作人员子女就读难的问题，只开4个班，资源有限。

教育“媚权”不是什么新鲜事，但通常情况下，是遮遮掩掩的，神神密密的，“权教交易”一般是见不得阳光的，更不会写在“纸”上，属于“潜规则”的范畴。铜川市第一中学居然有着密密麻麻的单位名称的“那张纸”——“市委办、组织部、宣传部、纪委、政府办、发改委、教育局、公安局、财政局、民政局……”像这样“只招收公务员子女”的赤裸裸“媚权”，倒也少见。

媚权现象，可以说是无处不在。如一些单位或酒楼，就特别青睐当地身居要职的领导题字，其实求“墨宝”者未必懂得艺术，甚至连附庸风雅都算不上，而领导们的“书法”也未必就是书法艺术。但为什么求字的不惜花费千金、趋之若鹜呢？此乃媚权也！

领导的字成了他们的护身符，将他们的字制成金匾挂在门楣上，好像是贴在门楣上太上老君的“急急如律令”，一则暗示本店有高官罩着，别大水冲了龙王庙，自家人不认自家人；二则狐假虎威，借当权者的“墨宝”，来提高自己的身价和地位，同时还能吸引官方顾客，做其他媚权者的生意。

过去，南宁市的一些餐饮娱乐场所常常以成克杰的题字作为招牌，来提高身价和地位，特别是吸引官方顾客——有的人花公家的钱是最大方的，反过来，公家的钱也是最好赚的。有的酒店苦于弄不到成克杰的“真迹” 而请人仿制。这些字俨然成了媚权者的通行证。

前江西省副省长胡长清的字写得不错，自己也喜欢到处题字。他曾声辩：“我不是以一个高级干部的身份写字，而是以一个书法家的身份写字”。当然天下没有免费的午餐，题的字是要收巨额润笔费的。题字者与求字者心知肚明，一个愿打，一个愿挨，各有所得，皆大欢喜。

胡长清东窗事发后，南昌满街都在铲除他的墨宝，生怕被它所累。巧的是，成克杰在北京一审被判死刑前后，南宁市一些单位把成克杰昔日的题字也判处了“死刑”。

有人说过这样的话：钱不是万能，没有钱万万不能。钱，的确是个好东西，但如果媚钱，就显得有点不妥。在前国家开发银行副行长、原中国证监会副主席王益的身上，就演绎了“媚钱”这样一个活生生的“现代版”。这名副部级金融高管虽然不识五线谱，却是当年红遍全国的大型交响乐《神州颂》的作者。在 2006 年和 2007 年，《神州颂》在全国各地巡演几十场，场场火爆。

王益成为中国演出频率最高的“交响乐作曲家”。但雷人的是，王益竟在媒体采访时坦言，2002 年前他是个“乐盲”，是后来爱上了音乐。是什么力量让一个普通音乐爱好者，成为“天才音乐家”的？原来，王益身边有“三只手”在运作，那就是“帮手”、“枪手”、“推手”。

音乐创作靠“帮手”。2004 年，王益开始构思创作一部大部头的“交响作品”，可他连交响乐队的乐器都认不全。显然，王益要完成起码的和声、复调、曲式、配器技能的“四级跳”，离不了艺术家朋友“帮忙”。某音乐学院作曲系教授出了大力，被王益称作“我的‘工具’。”

如期首演靠“枪手”。王益从 2004 年提出创意，到 2006 年 10 月底完成初稿，整整写了两年多。最后王益拿出了 20 多页初稿，包括 5 首歌曲和一些间奏，而其时距离预定首演日期已经只剩下短短一个月。经过多位音乐界专业人士的参与，2006 年 12 月 9 日，《神州颂》终于在北京音乐厅如期首演。

走红全国靠“推手”。2007 年至 2008 年，国交在全国各地多次巡演《神州颂》。王益在证券金融界大名鼎鼎，又经常亲自到各地联络，引来无数赞助企业“竞折腰”，有的直接提供赞助，有的则买下数百张票让员工去看，有的干脆包场。说到底，王益从“乐盲”摇身一变成为当红“交响乐作曲家”，是艺术媚权媚钱使然。

有句俗语，叫做有钱能使鬼推磨。有媒体披露，沈阳某富商结婚，不但动用38辆悍马迎亲，还邀请中央电视台著名节目主持人毕福剑担任司仪。婚礼上柯以敏、成奎安、汤镇宗等明星纷纷登台献艺，据说婚礼花费上百万元。

从王益的《神州颂》，到毕福剑担任司仪，我们也可以看出，如今一些人见钱眼开，为了媚俗、媚钱，已经完全到了堕落的地步！

“俗”，如果是“通俗”，本来是无所谓褒贬的。但如果是媚俗，情况就不一样了。媚俗使艺术成为迎合趣味的拙作，只是为了迎合具有主导作用的赞助人的“趣味”。

诸如，时装表演进入舞厅，以少得可怜的三点式挑逗世人；歌星们在演出中忸怩作态，公开挑逗；作家们粉墨登场，写一些凶杀言情小说去换取钞票；广告中的无数作为商品的陪衬的鲜亮的女性；电影中的似乎就是为了最终使男女主角相偕上床的情节。

难怪有学者说，媚俗把艺术和美已无情地践踏了，“媚俗”导致了美学的自杀，文化的自杀，社会的自杀。

2004年，安徽省黄山市黟县的赛金花故居对外开放。赛金花乃晚清名妓，祖籍就是安徽省黟县。据悉，赛金花故居采取修旧如旧的方式在旧址进行修缮。建筑的任何设计都有其历史依据，除了围墙是新的，内部一砖一瓦、一切构件和设置都是修旧如旧。

2006年，山东两县争办潘金莲旧居文化节，各自标榜是正宗的潘金莲家乡，是历史发生的旧地。这种争论一时让人不解，这人要出名了，甭管她是干嘛的，有何好事歹事，是真是假，是香是臭，一样也会有人喜欢，有人继承发扬。

南京市 “魏源居”与“媚香楼”相比，一家破败、一家豪华，也反映出了当下人们的媚妓心态。魏源是中国近代史上的重要人物，是思想家、经学家、史学家、文学家，还是杰出的爱国者，先行的改革者。鸦片战争时期，还亲身参与过浙东抗英战争。他给自己在南京的旧居取了个名字，叫“小卷阿”。

新中国成立后，“小卷阿”保存了下来，还被定为市级文物保护单位。但是，保护徒有虚名，“小卷阿”一直破败不堪，至今惨不忍睹。若是经费困难，顾不上，也可以理解。但“小卷阿”的破败不是这个缘故。有人证实，1995 年，魏源第五代族孙从海外归来，找到有关部门，提出投入巨资翻建“小卷阿”。不知为什么，魏氏家族没有得到答复。有人投资也不理睬，可见那个“有关部门”对这份历史遗产多么冷淡。

与“小卷阿”相反，秦淮河边的“媚香楼”越修越豪华，越办越兴旺。“媚香楼”大不了是个妓院，明末清初，出过江南名妓李香君。该楼早就荡然无存，当年妓女生活也被历史尘埃所封存。但是这些年来，有人对这类所谓“古迹”表现出了浓厚兴趣，非得从历史灰尘中挖出来不可。

于是，重建“媚香楼”，光耀于秦淮，开办“李香君故居纪念馆”，张扬于闹市。一位知情人说：“从 80 年代到现在，我们一直没有停止修建，花了几百万元。现在我们这个故居已是著名景点了。”不仅如此，小说编了一部又一部，戏剧演了一本又一本，电视剧拍了一集又一集。

媚权、媚钱、媚俗现象自古有之，但一般都比较含蓄，像现在这样赤裸裸的就不多见了。难怪有学者感叹：“豪华‘香君楼’，寒碜‘魏源居’，怎一个媚字了得？！”

2009 年 7 月 28 日

孔乙己

孔乙己惊诧得目瞪口呆，原来这几天信手抓抓拼拼的东西也叫诗？他恨不得买块豆腐碰死算了。他口中念念有词，说了一些之乎者也的话。

当连鲁迅也认为孔乙己已经死了的时候，其实他并没有死，因为他被丁举人的家丁打断了腿后，实在不能到咸亨酒店喝酒，所以他欠的十九文酒钱一直挂在粉板上。他只能穿着破渔网般的长衫，屁股下面垫着蒲垫，在家门口行乞。好心的邻居和过路的行人看他实在太可怜，有的给几文铜钱，有的送来了半碗稀饭，就这样，孔乙己总算活了下来。

忽然有一天，令很多人意想不到的事发生了，一个出版商几经打听，开着宝马轿车找到了孔乙己的家，准备请他写回忆录，并先付稿酬一百大洋。这件事让孔乙己惊诧不已，简直不敢相信自己的耳朵。他扯了扯渔网般的长衫，干瘪的嘴巴张得像窑门那么大。出版商终于说明了来意："鲁迅先生写了你的小传，很畅销，你可以写鲁迅先生嘛，题目就叫《印象中的鲁迅》，我到宾馆开一个房间，专门给你搞创作，书成后，出版和发行的事我全包了，再按实际收益五五分成。”

这真是天上掉下个大馅饼啊！孔乙己绝对不会放弃这个机会。因为这样比帮别人抄书强多了。他拿了出版商预付的大洋先到医院治腿。医生告诉他，因骨折时间太长，必须截肢。截肢就截肢吧。孔乙己咬了咬所剩无几的牙。

一个月后，孔乙己原来干瘪得像核桃的脸上终于有了几分血色，他坐在轮椅上，被一个全职保姆推出了医院，出版商小心翼翼地将他抱上了小轿车，一溜烟地离开了鲁镇。鲁镇的人都在议论：孔乙己遇上贵人了。也有的人说，来接他的这个人是当年孔乙己和吴妈生的私生子。

太阳下山时，孔乙己被送到了一个宾馆。看着室内金黄色的台灯，乳白色的墙壁，柔软的席梦思，还有令他这辈子也想不到的玩意——一个黑色的大匣子，里面有人唱歌有人跳舞，还有人在说新闻……这一夜，孔乙己兴奋得实在难以入睡。他想，皇帝的生活又能怎样？第二天，孔乙己摊开了纸墨笔砚，开始按出版商的意图，写《印象中的鲁迅》。他在脑海中几经搜索，终于记起了站在咸亨酒店曲尺柜台外面的那个十一二岁的小掌柜。他将毛笔在舌尖上舔了舔，然后蘸了点墨，在洁白的宣纸上写下了一个个娟秀的蝇头小楷。

“物本乎天，人本乎祖。然世间万物，皆天地之造化。融四岁让梨，香九龄温席，皆天资聪慧也。想吾鲁镇，有一酒肆，名曰咸亨，店中伺酒小童，姓鲁名迅，面善心慈，待人宽厚。虽去岁数载，吾记忆犹新，今奉□君之命叙写，以为记……”

不到一天的工夫，孔乙己已经写了洋洋洒洒数千言。这可乐坏了出版商，他忙从家中拿来好酒，又叫宾馆给孔乙己的房间送来了几个好菜，两人推杯换盏，谈兴渐浓。孔乙己喝得面酣耳热，为了展示自己的创作成果，急忙把写好的文章摊在出版商面前。

出版商一看孔乙己的文章，鼻子都气歪了。这都什么年代了，还写这么酸唧唧的八股文章？为了给孔乙己一个台阶下，出版商把儿子学过的一年级到六年级语文全部拿了过来，叫他看看现在的文章是怎么写的，并让儿子告诉孔乙己，什么叫动词，什么叫名词，什么叫形容词。

拿了人家的手软，吃了人家的嘴软，这两样孔乙己都占了。万般无奈之下，孔乙己只得从一年级语文学起，并按照出版商儿子的意图，挑选了一些词用毛笔抄写下来。

孔乙己写得一手好字，但近几日可能心情不好，他觉得自己写的每一个字都很难看。为了节约用纸，他将宣纸裁成一叠叠小纸条，在上面练起字来。

他用毛笔在宣纸上写下了“蓝天”两个字，但总觉得别扭，干脆揉成纸团扔进纸篓。就这样，孔乙己在纸条上写下了“白云”、“小河”、“杨柳”、“太阳”、“月亮”等词组，但总觉得越写越难看，于是，这些纸条都被他揉成了一个个纸团，扔到了纸篓里，一天下来，纸篓已经满满当当。

第二天，孔乙己又拿出了一个新纸篓，朝里面扔自认为写得难看的字。就这样，连续三天，孔乙己在三个纸篓里扔满了小纸团。第一个纸篓里扔的是“白云”、“小河”等两个字的，第二个纸篓里扔的是“前赴后继”、“春光明媚”等四个字的，而第三个纸篓里都是三个字的，如“我们的”、“大家的”、“自己的”、“亲爱的”等。孔乙己写到生气的时候，也会写上“他妈的”、“奶奶的”、“狗日的”等脏话，这些话都是骂出版商的。但他相信出版商永远也不会知道，因为这些字都被他揉成了纸团，扔到了纸篓里。

连续半个多月，孔乙己就这样写一点扔一点，出版商看在眼里。气在心头，眼看着自己的发财梦就要化为泡影。但他又不甘心，为了给孔乙己一点颜色看看，他又来到了宾馆，明知故问地问孔乙己写得怎么样了，并故意在几个纸篓里各抓一把纸团，抛在了孔乙己的面前，问他写的是什么东西。

孔乙己很尴尬，但又不得不一个个地打开。他用颤抖的老手打开一个个纸团，展现在出版商面前的是“可爱的”、“白云”、“感慨万千”，“青春的”、“叫驴”、“斑斑点点”，“奶奶的”、“乌龟”、“春光明媚”，“狗日的”、“高跟鞋”、“缠缠绵绵”。

孔乙己树皮般的脑门上急出了一颗颗豆大的汗粒，心想这下可演砸了，把骂出版商的话也拣出来了。可出版商的眼睛里却放出了兴奋的光彩，因为他看到了别人永远也不会发现的商机。当天晚上，出版商痛痛快快地和孔乙己喝了一斤二锅头，弄得孔乙己丈二和尚摸不着头脑。

第二天，出版商带来了一个非常漂亮的年轻姑娘，并带来了一台笔记本电脑，叫孔乙己从三个纸篓里分别抓出纸团，然后在每个摊里各挑一个剥开。“灿烂的”、“屁股”、“眉开眼笑”，“热烈的”、“月亮”、“半夜鸡叫”，“他妈的”、“眉毛”、“胡搅蛮缠”，“大家的”、“太阳”、“樱桃小口”。只见姑娘的手指弹钢琴般在电脑的键盘上跳动。

整整忙活了三天，孔乙己的手都酸了，他始终不知道出版商这样做是为了什么。等到材料打印到 600 多页的时候，出版商才对他说：给您的诗集取个名字，您的诗集快要出版了。

孔乙己惊诧得目瞪口呆，原来这几天信手抓抓拼拼的东西也叫诗？他恨不得买块豆腐碰死算了。他口中念念有词，说了一些之乎者也的话。但他也没有办法，人家毕竟是给了一百块现大洋，又在宾馆里开了房待若上宾。实在没有办法，他干脆在扔满四个字的纸篓里抓了一把纸团，然后信手打开一个，只见纸上写着“指鹿为马”四个字，出版商拍案叫绝，又用钢笔在下面写了几个小字：孔乙己诗词精选本。

孔乙己的诗集出版了，名人效应确实不同凡响，一版再版仍供不应求，从小学到大学到社会，孔乙己的诗广为流传。而出版商更是眉开眼笑，这真是有心栽花花不开，无意插柳柳成荫。

忽一日，孔乙己接到了□□大学中文系的邀请函，请他到学校讲一讲现代诗的写作概论，每一课时十块大洋。孔乙己实在是骑虎难下了，因为他知道，盛名之下，其实难副。但不去又怎么办呢？万般无奈之下，他硬着头皮，理了理蓝布长衫，让保姆抱上了轮椅，然后换乘专程来接他的小轿车。

当孔乙己出现在学生面前时，台下响起了雷鸣般的掌声。掌声刚歇，便有一个戴着酒瓶底般眼镜的小伙子朗声道："尊敬的孔乙己先生，您的诗写得实在是太好了，我们随便都能背出几十首。比如您写的《灿烂的屁股眉开眼笑》和《狗日的高跟鞋缠缠绵绵》等名篇，有可能被写进中学教材。还有一篇是这样写的，'碧绿的母猪春光明媚，黑色的妈妈风云际会，光明的麻雀大刀阔斧，昨天的高楼我要大便'。这么精彩的词汇，动人的诗篇，请问您是怎么创作出来的？"

孔乙己的脑袋一阵眩晕，因为他明明记得 "我要大便"这四个字是出版商的儿子写的。那天下午，他要教他茴香豆"茴"字的四种写法，长大了当掌柜时肯定用得着。那小子写下了"我要大便"四个字，一溜烟地跑了。这怎么能说是他写的呢？这不是栽赃于他吗？他孔乙己比窦娥都冤哪！

冤是冤了，但只能是哑巴吃黄连。这时，孔乙己的眼前又浮现出出版商儿子那张调皮的脸，后来又出现了很多伸出手来的孩子。为了使自己镇静下来，他使劲地揉了揉双眼，并用衣袖擦了擦额头上的汗，语无伦次、结结巴巴地说："茴香……茴香豆的茴字，有……四种写法……"

他还想说下去，但下面那么多孩子的手已经伸到了他的面前。他下意识地用双手捂住讲台，紧张地说："不多了，不多了，我真的不多了。"说完，他环顾四周，然后又说："不多不多！多乎哉？不多也！"说完，孔乙己的脸色特别难看，只见他气愤地想站起来，由于没有了下肢，他便用双手使劲地撑了一把讲台，讲台被推翻了，孔乙己也栽倒在地。一代大师就这样呜呼哀哉了。

这次，孔乙己真的死了，但他死得其所，一种叫□□诗的东西在社会上逐渐蔓延开来……

2004 年 10 月

从“小学生监考”看官场

小学生监考，反衬出的也是官场生态中的积弊：平时工作中都是你好、我好、大家好，一团和气，到了需要动真格互相监督管理之时，往往拉不下面子，动不了真格的。

甘肃武威市凉州区公检法系统竞职笔试中，18 名小学生被聘请担当“监考官”。在考试过程中，小“监考官”们认真负责，共发现了 25 名作弊者。凉州区委有关负责人说，将取消作弊者的考试资格，成绩按零分处理。（7 月 30 日《兰州晨报》）

几天来，这件事在网络中引起强烈反响，这件事最吸引眼球的，在于用孩子天真无邪的眼睛，来发现官场见怪不怪的沉疴顽疾。但话又说回来，如果依靠孩子来破解官场迷局，无异于痴人说梦。其标本意义充其量也就是几滴涉世未深的“清水”，滴入官场这个巨大的“墨池”而已，其效果也就是昙花一现。

是不是小学生监考能力胜过成年人？肯定不是。10 岁左右的孩子，无论观察能力、判断能力、执行能力，都远逊于成年人。他们能够铁面无私，只在一个词“诚实”。因为没有任何个人考虑，不懂得什么是人情、世故，不知道什么是打击报复，所以才能尽最大的努力，按照监考员守则的要求完成任务。

其实，只要读过《皇帝的新装》的人，都不难理解其中的奥秘。小“监考官”们能够抓出25名作弊者，当然不能说明他们比大“监考官”们看得更清楚，他们不过是没有沾染“睁一只眼闭一只眼”的恶习而已。大人们都知道皇帝光着屁股，但是谁也不敢明说，只有那个涉世未深的孩子勇于说出真相所在。

让小学生当“监考官”，也折射出另外一些社会问题。若论现在的科技不可谓不发达，摄像头监视器样样都有，在全程或无空白区域的监控下，谁作弊谁没有作弊皆会一目了然。至于“监考官”，只需维持现场秩序即可。既然如此，为何还要请小学生当“监考官”呢？问题似乎还在于，摄像头或监视器里的内容又有谁去看，又会有谁去监督？

由此，我们只能寄希望于现场的“秉公执法”了。而现场的“秉公执法”，成人“监考官”做不到，以至于只好请小学生来上阵！成人为何不能“秉公执法”？还是那一句话，怕得罪人。即便两个人不相识，也同样会害怕人家事后会“找上门”。这种心态和环境，好像就是当前的社会现状了。人不是怕法律，而是怕人。

正如一位参与过多次监考的干部说，“大人在担当监考官时常常会有更多的顾虑：管得太松就是失职，管得太严又怕‘引火烧身’，往往会形成监考的‘中庸之道’——睁一只眼闭一只眼。”但“小学生不会考虑那么多，他们会按照自己的理想价值观去办事，而这一点，是成年人无法比拟的。”

小学生当“监考官”，也使天真无邪的孩子们看到了成人世界里的“丑陋”：平日身穿制服仪表堂堂的警察叔叔，也会“忘形”地去“抄袭”。让天真无邪的孩子们去得罪人，更说明我们已经“世故”到令人心寒的地步！这种做法何止是一种耻辱，简直还近乎于“无耻”！

平时威严地执法的警察、法官、检察官，如今在小学生的目光扫射之下小心翼翼、惴惴不安，甚至如小偷一般作弊，产生如此滑稽、幽默的效果，恐怕这是组织者始料不及的。这究竟是在让警察、法官、检察官接受诚信教育，还是以活生生的社会现状，诱导孩子认识这个不诚信的社会？

小学生监考，反衬出的也是官场生态中的积弊：平时工作中都是你好、我好、大家好，一团和气，到了需要动真格互相监督管理之时，往往拉不下面子，动不了真格的。和稀泥，互相包庇纵容就成了常态。真正的监管无法从内部突破，往往是公权部门内部出了事，社会舆论已闹得沸沸扬扬，监管机构还置若罔闻，装聋作哑。

小学生当监考官，也暴露出公权部门在自身行为的监管上不愿为，不敢为。在一场考试上动真格尚且前怕狼，后怕虎，让小学生替自己得罪人。那么，真到了动真格的大事上，又该让谁替自己顶上呢？

如果我们理性地想一想，这些作弊的“警察叔叔”，在做小学生的时候，肯定也如这些“小学生监考官”一样“秉公执法”。因为他们不知道什么叫“身在江湖”，什么叫“身不由己”。常言说得好，社会是个大染缸。我真的担心，这些“秉公执法”的孩子，回家后家长会不会责怪他们？会不会让他们以后“学”着点？遇到事情睁一只眼闭一只眼？

如果让我说小学生当“监考官”的现实意义，其实也就是把几滴晶莹剔透的清水，滴入了巨大的墨池，“近墨者黑”是迟早的事情。正因为如此，我真的担心，这些“小学生监考官”走上社会后，原本诚实、善良、天真的他们，也许会因社会这个“大染缸”改变自己的人生观和价值观。

所以，这件事情值得全社会去反思。

2009年8月2日

拍马经

人非圣贤，无一不喜听好话，惧批评。马屁拍得及时，如雪中送炭，可锦上添花，但要领悟好“火候”二字。拍得及时，可使被拍者笑逐颜开，若拍错地方，可遭“马踢”弹之。

本人爱钻故纸堆，逛旧书店。一日，忽从旧书市场中发现一本线装书，纸质如绵，纸色昏黄，无封面，靡页上书“望闻问切”四个隶书，窃以为中医论著，故往下翻阅，不看不知道，一看吓一跳，此乃清朝末年人士开办拍马培训班之教科书。真乃天下之大，无奇不有。奇文共赏，疑义相析，现将该书导语部分抄录如下——

中医诊疗，用望、闻、问、切之法，可知病者所患何症；当今做人，用望、闻、问、切之法试探之，而后用拍马术，可使贫者衣食无忧，仕者飞黄腾达。望闻问切，前辈称之为“拍马”要领，吾称之为“四字真经”，望吾徒子徒孙静心禅道，领悟“四字真经”之要义。方不枉吾世代相传之经验总结，也不枉尔等节衣缩食，交学费四块大洋。愿尔等苦心修炼，将拍马事业发扬光大，并祝尔等学业有成，世代永昌，阿弥陀佛！麻利麻利弘！阿门！

人非圣贤，无一不喜听好话，惧批评。

马屁拍得及时，如雪中送炭，可锦上添花，但要领悟好“火候”二字。拍得及时，可使被拍者笑逐颜开，若拍错地方，可遭“马蹄”弹之。拍马乃双刃之剑，只要尔等心领神悟，加倍努力，定成大器。

拍马之术，首要是选中对象，如上司、如主人、如名贵，不一而足，后用拍马第一招法：望。望乃拍马之不二法门，如两军对垒之利器，无“望”而不胜。望者，察言观色也，观其面部表情及肢体语言。如被拍者是尔上司，他高兴，尔要强作欢颜；他心烦，尔要如丧妣考；他拿杯，尔要及时沧水；他出汗，尔要及时以毛巾伺候；他如厕，尔可为之备草纸，开厕门，若上司需要，可为之擦屁股（此招要谨慎，不可触及私处）。望，可发现上司全身都是优点，不可用俗人眼光视之不足。哪怕他奇丑无比，尔可夸之英俊潇洒；哪怕她是半老徐娘，尽可用“年轻貌美、举止不俗”等溢美之词以讨欢心。

闻，乃拍马之要义。闻有两解，一曰听，二曰嗅。上司平时所言之事，要牢记于心，悉心揣摩。如上司言及缺钱少物，可当柴米、卖妻儿，倾囊相助，以示忠心。若上司屁声不断，可递上消食散，顺气丸，以示关心。若上司流年不顺，可为之打探消息，递小报告。一旦坎儿过，官运亨通，定视汝为心腹，尔便可耀武扬威，狐假虎威，衣锦还乡便为时不远。若上司已运交华盖，不妨见好就收，或另择新主，或落井下石。该法全靠尔等悟性，若使用得法，尔可乘势而上，若使用不当，将前功尽弃，身败名裂，切记小心行事。

问，乃拍马者必备素质。问可以知根底，探虚实，套近乎，而后成大器。如问温饱，问饥寒，问成败，问得失，不耻下问。若上司胡说八道，不懂装懂，尔尽可以“是是对对”应之，若投所好，运用得法，可使之成为上司之仁兄仁弟，使上司有心腹之疾必对尔言，有龌龊之事必有尔份。哪怕他吃蚤子，少不了赏尔一条腿儿；哪怕他吃蚂蚁，少不了赏尔一根毛儿。时机一旦成熟，尔可以鸡毛当令箭，或拉帮结派，或结党营私，或造谣惑众，或无事生非，一手挥“棒子”，一手挥“帽子”，做上司心腹或鹰犬，凡是上司拥护的，尔等坚决拥护，凡是上司反对的，尔等坚决反对，切记不要抱着真理不放，一切以上司喜好为要。

切，乃拍马之杀手锏。不喜拍马者也有人在，但尔等不要着急，文火慢炖，等待机遇。此时尔要眼观六路，耳听八方，看眼色，献殷勤。必要之时，可效上司之作派，人前是人，背后是鬼。人食五谷，岂能无病？若上司一旦有小恙在身，时机便有也。可送钱，可送物，可送花，可送礼品，可送小妾。务要投其所好，见机行事。

只要尔等想成大器，拍马之机会可谓多多。如上司父母大寿或仙逝，子女生日或婚嫁，机会不可谓不多，关键要看尔等头脑是否活络，心思是否用足。在一个单位里公干，上司肯定会有不时之需，尔等切记，哪怕叫尔吮痈舐痔，尔等也要挺住，要面带微笑，口称“脓”香四溢。因为他是尔之上司、主人、衣食父母。能做到这点，成为心腹便指日可待。只要上司升迁，谋个官儿，要个位子，肯定不在话下。即使不升迁，讨个巧儿，占个便宜肯定不成问题。

切记“望闻问切”四字真言，吾保尔等青云直上。但也要把握分寸，注意火候。古往今来，拍马被踢者不乏其人，但成大器者也大有人在。要学会阳奉阴违，欺上瞒下。吾乃清朝重臣和坤嫡传弟子，马屁功夫早已融会贯通，举一反三，出神入化。望尔等潜心修炼，业浅者可衣食无忧，业深者可光宗耀祖。阿门！阿弥陀佛！麻利麻利弘！愿真主保佑你们运用拍马术，献媚法，排除异己，所向披靡……

另：高级班不日开学，所用教材乃李宗吾编著之《厚黑学》，望相互转告。

再往下看正文，皆蝇头小楷所书，是如何拍马之实例，图文并茂，并有朱笔批注，计四章九十六法，可谓涵盖拍马精要之方方面面，不再赘言。读罢全书，鄙人茅塞顿开，难怪拍马之人世代繁衍到处皆有，早在清朝就有培训班了，当今拍马者比及前人，有过之而无不及也便不在话下了。

2002年6月6日

我们都是害虫

也许在多少亿年后，一群类似于人类的智慧生物在“考古”时发现，地球上化石数量最多的就是“人”，就是由于这些动物的活动，极大地破坏了地球上的生物链。

多年前，看过电视上有这样一个广告，歌词的开头就是：我们是害虫，我们是害虫……然后，一个杀虫喷雾瓶出现，就那么轻轻一喷，那些害虫就被无情地杀死了。当时看这个广告时，没有什么感觉。但现在想来，这是我们人类运用“科学”的手段，来对付对自己“有害”的生物，其目的就是为了自身的利益，而去消灭不利于自己的那些所谓的“害虫”。

我常常想这样一个问题，相对于我们人类之外的生物，人类就是最大的害虫。你想，我们人类什么不能做？什么没做过？就拿吃来说，动植物什么没吃过？可以这样说，在自然界，像我们人类这样能吃、这样贪吃的动物不多。老虎能吃吧？可是它只吃肉；大象能吃吧？可是它只吃草；鲸鱼能吃吧？可是它只吃鱼……

在动植物的眼睛里，人类可以说是名副其实的害虫。人类不但能吃，而且还有一整套的“工艺”来支撑这个“吃”字，也有一整套理论来支撑自己的行为。原来是“哪些该吃，哪些不该吃”，现在是天上飞的除了飞机不吃，地上有腿的除了桌子板凳不吃。究其原因，就是我们人类自认为那些动植物长着就是给人类享用的，该吃。

其实，人家动植物以及所有生物也是有生命的，它们也对人类的行为提出过抗议，历史上就曾经出现过蚂蚁军团吃人的事件。从某种意义上说，这就是动物对人类的一个抗争方式，这种抗争现象虽然少见，但绝不可忽略不计。

人类不但能吃，而且攀比着“享受”。用各种所谓的理论教授人们如何过上“高质量”的生活；为了将自己的观念强加于人而发动战争，自相残杀；为了一己之私利，大量抽取地球的“脂肪”煤炭、石油；为了追求所谓的增长，将地球的“血管”河流污染殆尽；为了自己的生活，他们将地球的“毛发”树木砍个精光！

更为可怕的是，人类为了称霸世界，制造了核弹、氢弹等核武器；为了获取“高质量”的生活方式，人为合成了大量的有毒化学品。人类的贪得无厌导致地球生物灭绝速度惊人。

也许有人会说我写这样的文章是杞人忧天，因为地球上的生命演化并非一帆风顺，其中至少出现了五次影响遍及全球的生物大灭绝事件。第一次物种大灭绝发生在 4.4 亿年前的奥陶纪末期，第二次物种大灭绝发生在 3.65 亿年的泥盆纪后期，第三次物种灭绝发生在 2.5 亿年前的二叠纪末期，第四次劫难发生在距今 1.95 亿年的三叠纪晚期，最为著名的第五次大劫难则发生在 6 500 千万年前，毁灭了包括恐龙在内的 90%的地球物种。

但我敢断言，前五次生物大灭绝，都不是地球生物引起的。自人类诞生以来，特别是人类进入文明社会以来，生物灭绝的速度大大加快，几乎所有的生物灭绝都与人类活动相关联。最近一二百年来生物灭绝的速度达到空前，并且是同时发生在动物界和植物界。北美的旅鸽从几十亿只到绝种只有几十年的时间，现在 9000 余种鸟中有将近 1000 种的生存状态受到严重威胁，有很多动物只剩下了几十或几百只，像白暨豚等动物的绝种几乎是可以预料的事。

由于人类的贪婪，我们正在经历第六次物种大灭绝。中科院南京地质古生物研究所研究员、南京古生物博物馆馆长冯伟民博士说，近年来的研究成果表明，地球已经进入第六次物种大灭绝期，而且由于生物栖息地的流失和退化、外来物种入侵、气候变化、资源过度开采、污染及野生动物疾病六大因素，造成了人类活动对地球的重大影响，加速了物种灭绝的速度。

国外有科学家建议，现在人类已成为地球的主宰，不妨称现在这个时代为“人类世”，这也从一个侧面反映出人类活动对地球物种的影响。科学界有这样一种估算的标准，保证物种灭绝的速率保持在适度的比例，比较合理的是百万分之一，不要超过十万分之一，这是一个临界点。

科学家说，根据已经披露的数据，现在物种灭绝的速率相对于过去五次灭绝的化石记录而言，提高了 100～1000 倍，大大超过了临界点。过去五次的生物灭绝无一例外都是自然界主导的，而全球的统计数据显示，人类正成为第六次物种灭绝的主导。

据保守估计，当今地球上每年灭绝约 3 万个物种，这种灭绝速率比史前正常状态（每年灭绝约 3 个物种）快了近万倍，远远超过史前任何一次大灭绝事件。按史前五大灭绝强度和规模，有学者认为，当今生物界已进入了“第六次大灭绝”时期，甚至认为现代人类已经真正遭遇到生物大灭绝的过程。

人类，这个地球上顶级的动物群体，位于所有食物链的顶端，用其 20 万年的历史，暴殄地球 40 亿年积累的遗产。昔日加诸自然的种种手段，正在以各种方式报应人类自身。

也许在多少亿年后，一群类似于人类的智慧生物在“考古”时发现，地球上化石数量最多的就是“人”，这些动物的特征是可以直立行走，因体毛甚少所以需要采用自然界的植物纤维和动物皮毛来取暖，口并不大但什么都吃，这种动物贪婪成性，自命不凡。就是由于这些动物的活动，极大地破坏了地球上的生物链，最终导致地球第六次生物大灭绝。

当我们穿着皮草、吃着山珍海味时，可能不会去想，很多动植物的种群正在日益缩减，可能有一天，它们将永远地从地球上消失。人类除了悼念恐龙，是否有机会去拯救那些濒危物种？我们是否可以更积极地应对一系列的挑战，如生物栖息地的破坏、全球变暖等，并用日益发达的科学技术去保护物种多样化，让地球生物的灭绝慢一点，甚至停下来？

2011 年 12 月 18 日

静思偶得

夏秋时节话豆丹

也许外地人对灌云人吃豆虫这件事情不能理解，但只要吃过一次，无不赞不绝口。这种原来寄生在大豆上的害虫，究竟是从什么时候变成当地人的美食的？

民以食为天，这可真是颠扑不破的真理，任何时候，只要说到吃，都是个十分诱人的话题。在我的博客少得可怜的友情链接中，写吃的就有数人，如朋友朱思雄（人民日报政文部军事室主任）在《吃嘛好》中写道："有津人去美前，友人提醒，无论何处购物，只须牢记一句'How much？'，足矣。津人抵美后，某日往购物，不能张口，想起友人嘱咐，仅知若干熟悉音节，记不真切，问：'嘛好吃？'对方茫然，改口'好吃嘛？'仍摇头，再说'吃嘛好？'对方摊手耸肩……"

而张琳（《安徽文学》编辑，作家）在《蝉是一道难以抗拒的美味》中还写道："提到吃蝉，我周围的许多朋友都表现出吃惊，他们的心里可能在想，如此可怕的昆虫怎么能下箸呢？这种心态，我是非常理解的。那年，我跟朋友周仕凭说起吃蝉的事情，他则对我说起他老家连云港灌云县当地吃豆丹的事情，我想到豆棵上蠕动的绿绿的肥肥的豆虫，胃里就有些翻腾。可他说起吃豆丹来眉飞色舞，跟我向别人说吃蝉时一样的表情。可见，豆丹的味道一定很不错。”

朋友所说的豆丹，这种称呼也许只有我们家乡人懂得，其学名为豆虫，是黄豆叶子上生长的一种昆虫，以黄豆叶为食物。大豆中蛋白质的含量高达 40%左右，还含有多种人体所必需的不饱和脂肪酸，亚油酸含量最丰富，且不含胆固醇。因此，以大豆叶子为食物的豆丹，味道鲜美无比，极富营养价值。豆丹烧成的菜颜色清纯，辣中有香，绝不油腻，看了让你垂涎三尺，吃了使你大呼过瘾，终身难忘。

春末夏初，雨勤水润，气温上升，各种农作物都蓬蓬勃勃地生长起来。黄豆的生长期较短，所以长得特别快。到了黄豆约莫半米高，正是茎壮叶茂之时，豆丹就会从地下钻出来，化成土黄色的豆天蛾，肥硕的豆蛾扇动着翅膀，探出触须到处飞舞。一个星期以后，它们就会交配完成，来到大豆地里产卵。刚孵化出的豆丹小如芝麻，每天不停地吃豆叶，成长很快，一天一个样。豆丹幼虫状如春蚕，通身青绿色，成熟时比蚕要大得多，长约七八厘米，长得绿油油圆鼓鼓。

过去，豆丹是一种害虫，虫害厉害的时候完全可以使大豆绝收。记得小时候，生产队为了不使豆丹绝种，每年夏天都要逮豆天蛾，社员每逮一个豆天蛾，就可以得到一个工分（当时一个壮劳力一天是十个工分）。

我的家乡在江苏灌云，20 世纪 70 年代中期实行“旱改水”之前（即由小麦和大豆一年两熟改为小麦和水稻两熟），一般都是秋种小麦，夏种黄豆，一年两熟，小麦收了之后，抢种黄豆，那时候肥料都是农家肥，几乎没有化肥农药，所以虫害自然是免不了的，黄豆从农历七月初开始，豆叶上就会有虫子，这就是我们常说的“豆丹”。

记得小时候，每到夏季，凌晨天还蒙蒙亮的时候，生产队长就会拿着铁皮喇叭筒，扯着嗓门高喊，那幽长而浑浊的声音在寂静的乡村早晨可以传出数里——“喂……各家各户注意啦，今天到某某地拿（方言，逮的意思）豆丹……”于是，大人们就吆喝我们这些还在梦中的小孩起来，跟着到地里去拿豆丹。此时，人们纷纷背着芦苇编织的篓子，向生产队长通知的大豆地里走去。

拿豆丹的时间卡得很紧，不能去晚了。早上太阳还没出来，黄豆叶上有露水，豆丹就会爬到叶面上吃豆叶。这时候如果到黄豆地里，远远就可以看到趴在豆叶上的豆丹。如果晚了，太阳出来后，豆丹就会爬到豆叶下面，这样就不好逮了。

当时大豆地里的豆丹很多，有的人一个早晨要拿十几斤，生产队按照两斤或三斤给一个工分。而吃豆丹的人则少之又少，大多数是称完秤后，带回家喂猪。也有的人在称完后直接倒进水塘。只见豆丹在水塘里上下翻腾，不久就溺水而死。

在老家，每当农历七月中到八月底，正是豆丹膘肥体壮之时，喜欢吃豆丹的人家，从豆叶上将豆丹捉回家，先放到水里浸泡一会儿，将其溺死，然后用一根擀饺子皮的面杖，垫上一块木板，把溺死的豆丹从头到尾擀出内脏，放到水中清洗，去掉粪便即可。擀出来的豆丹肉青中带白，中间会有一块淡黄色的油，宛如晶莹的碧玉。

家乡传统的做法是把擀出来的肉放进开水锅里稍焯一下，使肉凝成完整的长条，接着把凝成条状的豆丹肉放入调料炒熟，再把大白菜或者丝瓜清炒，然后加上红辣椒、大蒜等调料烧煮就可以了。烧好的豆丹用盆装好端上桌——绿绿的菜，红红的辣椒，白中带黄且有青色的豆丹肉，色彩诱人，香气扑鼻，令你垂涎三尺。当然，烧豆丹是要趁热吃的，在氤氲热气中，你会吃得酣畅淋漓，大呼过瘾。如果邀上几个亲朋好友，加上白酒，则更是赛如神仙了。

七八月的豆丹以鲜嫩爽滑为特色，而更好的豆丹则在秋天。当黄豆收割完毕，翻地播种小麦时，从泥土里刨出已经入蛰冬眠的豆丹，洗涤干净，和夏天的做法相同，甚至更为简单，因为入蛰的豆丹体内已没有粪便，肉更多，营养也更为丰富。这时豆丹和丝瓜或大白菜或小秋瓜烧，吃起来更是肥而不腻，适口爽心，味道远胜七月的豆丹。

我们家虽然不吃豆丹，但我和哥哥、妹妹却喜欢刨豆丹。因为当时的豆丹要卖到五六毛钱一斤，一斤豆丹也就是五十几个。也就是说，一个豆丹可以卖一分钱，而当时一个鸡蛋的价钱才五分钱。如果能刨三斤豆丹，就相当于有了三斤鸡蛋。在那个时代，一个家庭有三斤鸡蛋很难，但要说刨三斤豆丹，运气好一点，也就是两三个小时的事情。当时，每当大豆收割完毕，我们就会扛起锄头，背着篓子，到大豆田里刨豆丹。刨豆丹的人可谓密密麻麻，但真正能够刨得多的人很少，因为这里有很多学问。

一般，豆丹在下土之前，都选择地势比较高的地方入蛰（地势低洼的地方容易被水淹掉），而且比较集中，在这个地方，土壤一般比较松软。刨豆丹的人只要有这个经验，一般一锄头下去，就会听见“扑”的一声闷响，就见得锄下有一个拇指头般大的洞，用手一抠，卷曲在洞里的豆丹就出来了。有时候在一个地方，能刨几十个。如果豆丹没有被刨起来，第二年春天，这些虫子就会蜕变为豆天蛾蛹，而这个蛹到六七月就会变成会飞的豆天蛾到处产卵。

豆丹虽然好吃，但我第一次吃豆丹还是2004年的事。当时，我和人民日报社《大地》杂志时政部钱鹏飞主任到老家灌云采访原县委书记秦凯华，晚间几杯酒下肚，就见有人给我盛了一碗“丝瓜烧鸡蛋”。当时，我就觉得这个菜口感甚好，连钱鹏飞主任也觉得妙不可言，但终究不知道是什么菜。吃完以后，陪同的宣传部副部长邱洪彤才揭示谜底：“周主任（指我）肯定知道，只是不想让你（指钱鹏飞）扫兴，因为这个东西一旦知道了，一般人吃不下去。” 也就是这一次，豆丹让我一吃难忘！

也许外地人对灌云人吃豆虫这件事情不能理解，但只要吃过一次，无不赞不绝口。前年“十一”，我的老丈人和连襟从湖北长阳土家族自治县来我家，我特地烧了豆丹招待他们。当时，老丈人和连襟都不知碗里为何物，但一致说好吃。等酒毕饭后，我拿出特地保留的一个豆丹给他们看，老丈人说：“没想到这个东西这么好吃，我们那里多的是。”

豆丹的做法、吃法要说简单也简单，但要做好就十分讲究，据说，最美味的豆丹要用正宗的土榨豆油，并用农家的草锅烧制才行，而且调料只要最简单的葱、姜、蒜和辣椒即可，如果调料放多了，反而改变了豆丹的鲜美口味。这也是外地做的豆丹为什么总是没有灌云当地人做的好吃的主要原因。去年，我在与灌云邻县的灌南县采访，席间该县也烧了豆丹这道菜，可宣传部部长邓玫玫毫不掩饰地说，要吃正宗的烧豆丹，只有到灌云。

据相关部门统计，我的老家灌云县每年都要吃掉 1 000 多吨豆丹。在八九月份，每天上市的青豆丹就有 2 000 斤。在这些豆丹中，只有 20%来自于灌云本地，其他 80%是从河南、安徽、江西、陕西一带收购而来。正因为如此，灌云出现了近百名专职豆丹经纪人。每到豆丹上市季节，便大江南北地到农户家收购，即使这样，这些收购来的豆丹还是不能满足本地食客的需要。

前几日，同在北京媒体界的一个灌云老乡问我："你猜，灌云豆丹价格最贵时是多少钱一斤？"我说："十几块差不多了吧？"他说："你说的是美元？据说，有时候烧好的豆丹在灌云要卖到六七百块钱一碗。"

近日获悉，前几天灌云县举办了"首届豆丹美食文化节"。我在想，这种原来寄生在大豆上的害虫，究竟是从什么时候变成当地人的美食的？不管出于什么原因，第一个吃豆虫的人，是需要多么大的勇气啊！

2007 年 7 月 30 日

金秋时节话螃蟹

吃螃蟹的最佳顺序是把最好的留在最后吃。吃螃蟹的最佳方案是：姜醋、红糖姜茶、黄酒一个都不能少。自古以来，不少文人墨客都对蟹怀有浓厚兴趣，他们持蟹赏菊，把盏临风。

“秋风起，蟹脚痒；菊花开，闻蟹来”。金秋时节，菊黄蟹肥，早在魏晋时期文人就把赏菊、吃蟹、饮酒、赋诗作为一种风雅活动，回想古人持螯赏菊的情景，宛如看到了一幅国画大师范曾笔下的人物画。

鲁迅先生说：“第一个吃螃蟹的人是很可佩服的，不是勇士谁敢去吃它呢？”螃蟹形状可怕，还要钳人，开始吃蟹的人确实需要有些勇气，如果不是眼睛饿绿了，谁敢吃这个横行霸道的东西。

我的老家在连云港灌云县的五图河边，记得小时候，螃蟹这个东西是少有人吃，很多家长在秋天逮了螃蟹后，把它的蟹钳扳掉，然后系上一根线，给孩子拖着玩，等螃蟹被玩死后便一扔了之。

十一二岁时候的一年秋天，我和堂哥在一条小河里洗澡，突然发现我脚下的一块“石头”动了起来，堂哥叫我别动，说不是老鳖就是螃蟹。他一个猛子扎下去，从我的脚底拿起了一只螃蟹，这个螃蟹足足有四两多，是我到目前为止看到的最大的螃蟹。

堂哥说回去炸螃蟹吃。我们穿好衣服，跑到他家住的茅屋里，刚好三婶也在家。她把螃蟹洗了洗，在锅里倒了点油，开始油炸螃蟹，这是我平生第一次吃螃蟹。

一九七几年秋天，由于连日阴雨，我家门口的五图河水暴涨，有的邻居家里都进了水。有一天夜里，我在睡梦中隐隐约约听见床头有“淅淅沥沥”的声音，我拿起火柴，点着油灯，好家伙，原来是一只大螃蟹爬到了我的床头。

随着农药的大量使用，现在螃蟹在我们的家乡基本看不见了，除了养殖的以外，野生的螃蟹可以说是已经绝迹，吃螃蟹已经成为一种奢望。

1994 年，我到无锡工作，在无锡工作的 10 年时间里，每到秋天，螃蟹可以说没有少吃，但第一次正规的吃螃蟹是在无锡市的锡州宾馆。之所以说正规，因为这次吃螃蟹用上了专用工具：锤、镦、钳、铲、匙、叉、刮、针 8 种，又称“蟹八件”，这些工具都是铜制的，镦是一个铜制的圆台，下面有三条腿，敲蟹需要在这上面操作；铜锤用来敲蟹壳；钳子是专门用来夹蟹腿的。

有很多北方人不爱吃螃蟹，也不会吃。2004 年，我从无锡到北京工作，秋天，杂志社的同仁在北京的一家酒店小聚，在众多的美味佳肴中，螃蟹是我的最爱。可一个内蒙古老兄只是摘了几根蟹腿，便把 80 元一只的螃蟹扔在一边，并对我说“这个东西有什么好吃的？”我想，这家伙是在暴殄天物啊！

吃螃蟹有多种吃法，有的人是扳掉蟹脐和蟹壳，先吃蟹黄，然后直接用手抓住两边的蟹腿用力一折，将蟹身一分为二，吃完蟹身后再吃蟹腿，这种吃法从某种程度上来说是不“科学”的。还有的人是把壳和脐一扳，一口咬下去，然后嚼几下再吐出来，这样一来，一只蟹总要糟蹋掉三四成肉。

吃蟹讲究慢工出细活。有一笑话，是说上海人吃螃蟹的。说上海人坐火车到北京，就着两只蟹腿喝了半斤酒，一直从上海吃到北京。这个笑话虽然有些贬义，但从中可以看出上海人吃螃蟹是多么的细致。

吃螃蟹的最佳顺序是把最好的留在最后吃。最先吃的是蟹腿，蟹腿有八只，腿里的肉好吃，但是不好取，食蟹腿时，可先咬下两处关节，然后用牙齿将腿壳咬松，再将腿里的肉吸出来。其二是吃蟹钳，蟹钳的肉较多，吃起来相对也比较方便。按照绅士一点的方法，吃蟹钳时需要用小锤子敲开，然后用小签子挑着吃，现代人早没了那份矜持，两只螯左右分开，雪白的蟹肉就呈现在眼前，如果还有吃不到的肉，干脆就用尖尖的蟹爪，把吃不到的肉掏出来。其三是吃蟹黄。蟹黄虽不多，却是吃蟹的高潮，掀开蟹壳，去除蟹肺等杂物，将蟹身往两边折，把蟹膏或蟹黄挤出来食用。如果是母蟹，就可以吃到味道鲜美的蟹黄，要是公蟹则可以吃到白如凝脂的蟹膏。接下来就是吃蟹肉了，肉是一瓣一瓣的，需要把半边蟹横着入口，逐瓣咬开蟹壳，让大瓣的蟹肉顺利吮入口中。

最佳的吃蟹方案是：姜醋、红糖姜茶、黄酒一个都不能少。先找一块新鲜生姜洗净切丝，再加入一些醋（连云港的汪恕友滴醋或镇江陈醋最好），也可以再放入一些糖，用这样的调料蘸着蟹肉吃，可以去除螃蟹的腥气。吃膏喝红糖姜茶，当白润如凝脂的蟹膏入口时，油腻异常，呷一小口生姜红糖茶，就可以化作满口馨香。吃蟹佐黄酒，最好是绍兴的花雕，把生姜切丝后加少许水在锅中煮到姜香浓郁水快干时，再将花雕倒入壶中适当加温，喝这种酒吃螃蟹，真可以说是人生一大快事，把酒持螯向来是文人狂放不羁的形象。蟹吃毕，主人一般都会端上一大碗“香菜汤”或“茶叶汤”，这个汤你可千万不能喝，因为这是用来洗手的，香菜和茶叶水可以去腥气。

吃蟹的最佳境界是螃蟹吃完，蟹壳与蟹腿放在盘子里，完好如初，宛如一只没有被吃过的螃蟹。据我观察，大部分人在吃其他菜时温文尔雅，不失绅士风度，但每当吃螃蟹时便没有了细致和矜持，他们甩开腮帮子大快朵颐，吃后的螃蟹在食盘里成了一堆蟹渣。我见过上海籍的老兄吃螃蟹，他把蟹腿吃完后，完整地在盘子里摆好，剥下的蟹壳和脐分别放开，吃蟹肉时的残渣放在蟹壳里，吃完用蟹脐将蟹壳里的残渣盖上，然后反扣过来，摆好腿，一只被吃完的螃蟹却并没有“身首异处”。

螃蟹是世间美味之一，宋代大诗人苏轼有“不到庐山辜负目，不食螃蟹辜负腹”的诗句。自古以来，不少文人墨客都对蟹怀有浓厚兴趣，他们持蟹赏菊，把盏临风，留下了许多有关蟹的诗文。唐代诗人皮日休《咏螃蟹》：“东游沧海早知名，有骨还从肉上生。莫道无心畏雷电，海龙王处也横行。”短短四句，把螃蟹描绘得形象逼真、意趣横生。螃蟹味美好吃，难怪南宋诗人陆游有赞美诗云：“蟹肥暂擘馋涎坠，酒绿初倾老眼明。”的确，蟹美酒香，刚把蟹壳掀开，就滴下了口水。无独有偶，清代著名剧作家李渔对食蟹也有赞叹：“蟹之鲜而肥，甘而腻，白似玉，而黄似金，已造色、香、味三者之至极，更无一物可以上之。”真是“满腹金相玉质，两螯明月秋江”。

2007年9月29日

堂嫂

在两个女儿已经出嫁，两个儿子以及儿媳都在外面打工的情况下，她是多么希望儿女及子孙们能多打几个电话回来啊，可她的儿女们是否意识到了这一点？是否知道母亲的苦衷？

直到今天——4 月 14 日，已经整整的 10 天过去了，可是只要是我闭上眼睛，一个老人的音容笑貌就浮现在我的脑海，这个人就是堂嫂。

大约是 3 月底吧，爱人在给我打电话时说，堂嫂最近摔了一跤，据说摔得不轻。我说总之清明节单位要放假的，等我放假后再带孩子一起过去看她。

也就是清明的前一天，几乎是站了十几个小时，我从北京踏上了回连云港的列车。清明节这一天，我们一家起了个大早，可当我们一家四口来到灌云县杨集镇利华村老家的村口时，我大老远就听见了堂侄女呼天抢地的哭声。我知道，堂嫂已经“走了”……

一

要说堂嫂，得首先说堂哥。

还在人民公社的时候，堂哥他们一家住在响水县三口乡的灌河边。在农村，一些村民由于这样或那样的原因，常常有欺负“外来户”的恶习，堂哥一家在那里是孤门独户，所以经常被邻居欺负。

我依稀记得，为了不让堂哥一家受人欺负，我们这边的老辈们决定把堂哥家从响水迁到灌云。而迁移的理由是给我远房的三大爷做继子（三大爷生五女，无子）。

在那个还是生产队的年代里，要迁一个外地的人来落户，首先要通过生产队社员大会的同意，好在我们周姓在当时的生产队占绝对多数，但也有不同意的，为了能把侄儿迁到自己的身边，我的父亲等长辈挨家挨户地签名盖章。

堂哥家搬家的时候，大约在晚春。从响水三口搬到灌云界圩利华大队，大约有 30 多公里的土路，搬家的工具就是几辆自行车，除了粮食和衣被，别的也没有什么，可见当时是没有多少家什的。

大约是上午吧，一个中年妇女带着孩子，来到我们家，这个妇女中等身材，上身穿浅青色短袖，下穿黑色的裤子，和善的圆脸，齐耳的短发，手里还拿着芦苇斗篷，和我的家人说了些大约是家已经搬完了的话。

这个人就是堂嫂，这也是我第一次见到堂嫂。在堂嫂的身边还有两个孩子，大的是男孩叫小左（我的堂侄乳名），小的是女孩叫小坤英（我的堂侄女）。

堂哥家有四个孩子，两个男孩，两个女孩。自从他家迁来后，我的童年生活就丰富多了，堂哥家的孩子小左，也就是我的堂侄儿成了我最要好的小伙伴，我们经常玩在一起，住在一起，给我的童年生活平添了很多乐趣。

如果要形容一个人“忠厚”，非我堂哥莫属。直到现在，我还是这样认为的。他为人和善，平时很少说话。但他却做得一手好菜，每逢我们家有什么事情，父亲就叫我去找堂哥来掌厨。

20 世纪 80 年代初，堂哥撇下堂嫂和四个孩子，因癌症去世。

二

自从堂哥去世后，堂嫂的肩膀就担起了全家生活的重担，唯一的期盼就是四个孩子快些长大。

后来，小左结婚，坤英出嫁。再后来，我到无锡工作，对堂嫂家的境况知之甚少，倒是每年春节回家，我都要到她家坐一坐，谈一些家长里短，每每此时，堂嫂都要抓一把瓜子在我的手里，我一边吃着瓜子，一边听她诉说家里的苦衷。有些时候，她还会固执地叫孩子留我吃饭，说女儿女婿都来了，在一起吃饭热闹。

每年春节，我都有去老家拜望老人的习惯，如我们周姓的长者，以及原来的、上了岁数的老邻居，少则50元，多则100元，这也是我这个做晚辈的一份心意。但尤为遗憾的是，我一直没有将堂嫂列入“老人”之列，还是一直以为堂嫂还年轻。

2004年，我从无锡来到北京工作，回家的机会少了很多。2006年，堂嫂家的小儿子结婚，我才发现她真的老了——花白的头发，下垂的眼袋，脸上写满岁月的沧桑。随着堂嫂年纪越来越大，孩子纷纷离开了她——她的两个女儿早已出嫁，两个儿子也全都在苏南打工，这就越发显得堂嫂晚年的凄苦。

2007年春节，我们一家四口如期于正月初二回老家的哥哥家，由于要看望一位80多岁已经生了癌症的老人,还要走访一些老朋友,一天的时间确实不够用。正月初二下午，天空飘下了鹅毛大雪，我也曾想去看望一下堂嫂，可是到她家门口时，只见门已上锁，我估计她是到哪里串门去了。

正月初三，县委、县政府有一个联谊会，早上九点就要开始，我八点半就上了开往县城的客车，联谊会后我便直接回了连云港的家……后来又开始上班。谁也不会想到，这一走和堂嫂竟成了永别。

三

据我的婶子说，堂嫂在要“走”之前的十几天内，似乎已经意识到了什么。她不仅将自己的寿衣做好了，而且连婶子的寿衣也做好了，还带着比她大三岁的婶子到镇上的澡堂子里洗了澡。

堂嫂还对婶子说：“老太太去世后，头上戴着帽子很难看，我的头上到时候还是顶（方言，戴的意思）三角巾。”

也就是在为婶子手工缝制寿衣已经结束后，堂嫂便一病不起，不省人事，到医院抢救，医生说已经不行了。

后来，儿子回来了，女儿回来了，堂嫂就是迟迟不肯“离去”，直到去世前几小时，堂嫂的长孙从苏州赶了回来。当在弥留之际的堂嫂听到孙子回来时，眼角留下了两行泪水，不久就离开了人世。婶子说，她迟迟不肯“走”，就是在等孙子。

4 月 4 日，清明。当我们一家四口起了个大早，从新浦赶到堂嫂家时，她已经静静地躺在冷铺上——黑色的绣花鞋，蓝色的裤子，蓝色的中式上衣，头上顶着蓝色的三角巾——堂嫂真的“走了”。

在堂嫂家的西房，我看到一个不知是什么时候安装的电话。我在想，一个孤独的、七十多岁的老人，在两个女儿已经出嫁，两个儿子以及儿媳都在外面打工的情况下，她是多么希望儿女及子孙们能多打几个电话回来啊，可她的儿女们是否意识到了这一点？是否知道自己母亲的苦衷？

也就是在堂嫂去世当天的晚上，我和正在守孝的堂侄探讨了这样一个问题：改革开放后，使现在的年轻人都背井离乡，出去挣钱了，留在家里的都是“六零三八六一”部队（注：六零指老人，三八指妇女，六一指儿童），这肯定没有错，但我们有没有意识到这一点——当一个人有了钱后，却发现原来的亲人或亲情没有了，这是不是人生的一大悲哀？

我一直不知道堂嫂的名字，只知道她姓孙，堂嫂去世，我在为她写铭旌时才知道，堂嫂名叫孙夕云，生于 1935 年 6 月 1 日，卒于 2008 年农历 2 月 28 日（公历 4 月 4 日），享年 73 岁。

2008 年 4 月 14 日

也说“水为茶之母”

古人云：“水为茶之母”，“茶必藉水，然后发其德”，可见水对茶是何等重要。早在唐代陆羽在其所著的《茶经》中，已概括地将水界定为三个等级，“山水上，江水中，井水下”。

八月十五至十八日，北京的气温还是三十多度，可神农架的温度就不同了，穿着长袖还有点凉。难怪同行者说，忙里偷闲，到神龙架一游，一睹原始森林和金丝猴风采，真乃快事。

神农美景，我无法形容，只能用十六字概括——流泉飞瀑，古树参天，重峦叠嶂，郁郁苍苍。

在神农架考察时，我们一行住在木鱼镇的神龙山庄，饭后，偶尔到小镇散步，只见两旁的商铺里卖的，除了黄杨木梳、本地的菌类，就是本地产的茶叶，该地盛产神龙炒青。

陪同的神农架林区党委常委、政府副区长陈克平对茶很有研究，记得十七日晚饭后，他在论茶时说，茶叶的好坏，关键看浸出率，再就是水，水为茶之母。的确，在杭州，就有“龙井茶叶虎跑水”的说法，再好的茶叶，用自来水冲泡，也就失去了茶叶的“神韵”。

记得《三言两拍》中，有这样一则故事，

王安石老年的时候患病，久治不愈。于是太医告诉他一个秘方，就是喝由长江瞿塘中峡水所冲泡的阳羡茶。于是王安石就托付苏东坡找水。东坡只顾欣赏三峡美景，却把“中峡水”三字忘得干干净净，等到船顺流而下快到下峡时，才陡然想起此事，但他心存侥幸，心想同是长江水，这上峡、下峡和中峡又能有多大的区别？于是就随便打了下峡水。回去后，王安石即用此水泡茶，一品茶味便知此水并非取自中峡。苏东坡大为不解。于是王安石解释说，长江瞿塘水，上峡太急，下峡太缓，唯中峡水缓慢相宜。而此水冲茶，上峡太浓，下峡太淡，唯中峡水浓淡相宜。

古人云：“水为茶之母”，“茶必藉水，然后发其德”，可见水对茶是何等重要。早在唐代陆羽在其所著的《茶经》中，已概括地将水界定为三个等级，“山水上，江水中，井水下”，并指出山水是以山泉源头的为佳，江水是以远离人烟才好，而井水是以经常饮用的，才勉强可以。从现在的科学角度来看，山泉之水，污染较少，故此质量优异；远离人烟的江水，同样是污染较少，所以质量亦较佳；井水，由于是地下水，矿物质较重，水质硬度较高，不利于泡茶，故被陆羽评定为下品，即使是勉强用作泡茶，也要是经常使用的活井水才可以。自此，泡茶的水有了等级。

古人在泡茶时十分讲究，有了水，煮水的技术亦是非同小可，所谓“煮茶百艺，侯汤最难”。故此陆羽在《茶经》中亦有详述，提出了“形辨”的理论，指出汤有三沸：“如鱼目微有声，是为第一沸。声如松涛，水面浮珠，是为第二沸。腾波鼓浪，是为三沸。”煮茶时在第二沸投茶，刚到三沸时离火。但随着制茶方法的改变和叶茶的兴起，到了宋代，烧水的“鍑”已为“水注”所代替，难以看到水的沸腾情况，已无法“形辨”，因而带出了“声辨”和“气辨”的理论，在明代张源的《茶录》作了概括性的论述：“汤有三大辨、十五小辨。一曰形辨，二曰声辨，三曰气辨。形为内辨，声为外辨，气为捷辨。如虾眼、蟹眼、鱼眼、连珠，皆为萌汤；直至涌沸如腾波鼓浪，水气全消，方为纯熟。如初声、转声、振声、骤声，皆为萌汤；直至无声，方为纯熟。如气浮一缕、二缕、三、四缕，及缕乱不分，氤氲乱绕，皆为萌汤；直至气直冲贯，方是纯熟。”

从现今的科学角度来看，水被加热后，先在容器壁和底部出现一些小气泡，这种小气泡是由吸附在容器壁和溶在水中的空气所形成，气泡中除了一定量的空气外，还有因受热而产生的饱和水汽。当温度上升时，小气泡膨胀，在浮力作用下由底部上升，当上升到温度较低的部位，气泡内的水汽又凝结成水，这时气泡体积缩小。所以，在烧水的过程中，随着温度的不断升高，气泡体积是一会儿膨胀，一会儿缩小（如：虾眼、蟹眼、鱼眼、连珠），因而产生振动，当这种振动频率与烧水容器的自身谐振频率相同时，就会产生共振现象，因而发出声响（如：初声、转声、振声、骤声），这时水还未到沸点，直至大约有 90%的溶解气体被释出（如：气浮、一缕、二缕、三、四缕，及缕乱不分、氤氲乱绕）。水温已有相当的高度，气泡在上升过程中，体积不会变小，反而继续增大，升到水面才破裂，放出蒸气（气直冲贯），于是水就沸腾了（腾波鼓浪）。水在沸腾后，气泡与容器的共振现象消失，所以水不响了。

不论是形辨、声辨或气辨，其目的都是为防止水的老或嫩，所谓嫩水，就是水还没有煮滚；而老水就是煮得过了头。太嫩的水用来泡茶，不能有效地将茶的水溶物质泡出，影响茶的香气和滋味。过老的水，将溶解于水中的气体，过度排出，使水失去刺激性，泡起茶来，有滞钝的感觉。故此，古人说：“侯汤最难”，实是经验之谈。

水有三级，汤有三辨，有“老嫩”之火候，更有“虾眼、蟹眼、鱼眼、连珠”之形状，试问现在的芸芸众生，哪一个能有这样的心境来体味？这种闲情逸致，是陶渊明“采菊东篱下”的恬淡，是王维“行到水穷处，坐看云起时”的闲适，是诸葛亮的“淡泊以明志，宁静以致远”。现在，当人们被生活“赶”得四处奔波时，对茶，除了“牛饮”，还有什么？

2008 年 8 月 20 日

一个画家的“草根”情结

朱维民的油画作品不媚俗，表现最多的当属芸芸众生。他说，艺术家是知识分子，而知识分子必须有他的公共性和社会责任感，知和识是两个概念，知而识之才是真正的知识分子。

朱维民教授是中国人民大学西方美术史学者、著名油画家。第一次认识朱教授，还得从 2001 年的七夕红豆相思节说起。当时，我是红豆集团的宣传科负责人，朱教授应红豆集团董事局主席周耀庭之邀，到红豆参观考察，陪同他的是他的学生、人民日报记者朱思雄。

记得当时是五月，江南的天气舒爽宜人，朱教授住在无锡的锡州宾馆。当我走进他的房间时，只见宾馆的桌子上摆放着刚刚上市的杨梅，而朱维民则刚和国内著名雕塑家钱绍武会晤归来……

朱维民教授身材清瘦，谈吐幽默，这便是他在短暂的几天中，留给我的最深印象。

后来，在 2001 年 12 月号的《南风窗》杂志上，我读到了该刊发的特稿——回家，讲述的是一个画家和一个山东上访农民在一起生活近 20 年的故事，而这个故事的主人公之一就是朱维民。画家无私的爱心和宽广的胸襟深深地震撼了我。

1932 年，朱维民出生于上海，1953 年从中央美术学院油画系毕业后，即到山西太原重型机械厂实习锻炼三年多。

由于命运的驱使，他告别学校不几年，就和新中国的很多知识分子一样，走上了一条漫长而又艰辛的坎坷之旅，历时竟达二十余载。

在这二十多年中，他在新疆天山脚下的乡镇中走村串户，当上了油漆匠人，为这里的农牧民在橱柜之类的家具上画装饰画，善良的维族人民养活了这个艺术家。从此，这个出生于上海的青年艺术家在天山脚下扎下了根。

朱维民在这里并没有虚度光阴。为了沟通思想，他不仅学会了用维吾尔语说话，而且在维吾尔族人民的关心、理解、尊重中，学会了怎样用画笔去尊重、理解、歌颂他所热爱的维吾尔族朋友。维吾尔族人民那粗犷而又善良的形象，那豪放包裹着的温柔情怀，从此在画家的心中扎下了根，在这里，朱维民度过了人生最宝贵的青年和壮年时代。

1978 年，朱维民回到教学岗位，但他时刻眷念着在苦难的时候养育过他的维吾尔族人民。当他刚取得自由作画权的时候，便迫不及待地来到新疆，用他饱蘸情感的画笔来描绘他所热爱的人民。在很长一段时间里，画家的作品很大一部分以新疆少数民族风情为主，他也因此而被时任中国美协主席的江丰誉为“维吾尔族人民的贴心画家”。

朱维民后来的创作，虽然仍然忘不了新疆，但创作题材的范围越来越广，从山西、陕西、河北、山东的乡村厂矿，到地处大西南的贵州苗寨，从普通小人物到壮志未酬的英雄，都广泛涉猎。更重要的是，画家在描绘人物风情的同时，还一直关注社会问题和生活在最底层的“弱势群体”，正是他对普通百姓充满了浓浓的爱心，也使他的创作艺术得到了进一步的升华。

20 世纪 80 年代，朱维民的油画——《彭德怀——1973》，在国内引起了轰动。中央军委来了八九辆红旗轿车到人民大学，杨尚昆、洪学智、武修权来了，彭德怀的夫人浦安修也来了，杨尚昆握着朱维民的手说："维民同志，你为人民做了一件好事！"

1995 年，"南京大屠杀" 50 周年之际，他以个人的力量，组织国内艺术家举办了"勿忘国耻"大型美展，张爱萍将军对这件事非常重视，亲自为这次美展题了字。这次美术联展，在全国引起轰动，他为此专门创作了《最后的劳工》《支那之夜》《满洲姑娘》《日寇走后》等八幅组画。

朱维民的油画作品不唯上，不媚俗，表现最多的当属芸芸众生。记者在他最近的作品中看到，磨刀人、城市新居民、乡村代课教师、农妇、贫农的女儿、背负重荷的老人都成为他赞美和讴歌的对象。

在朱维民的笔下，没有时髦的都市白领，而是为生活奔波的、劳动着的、沉浸在具体生活中的男男女女，进入画面的每一个人内心纯净，秉性质朴，朱维民用充满爱意的色彩来表现他们。在他的画中，洋溢着爱、纯情和恬静。

可以这样说，在市场经济大潮汹涌澎湃的今天，当艺术已经成为时尚代名词的今天，像朱维民这样的艺术家已经越来越少了。因为，他的艺术风格来自于他亲自品尝的苦难，来自于他直接从底层感受到的朴素情感和真诚关怀。

近 20 年来，他一直坚守着、抵抗着，尽管画室外面的时尚变幻莫测，但他仍听从于自己良知的指引，仍然保持着尊重生命、悲天悯人的高尚情怀。

朱维民教授退休以后，有了更多的时间去关心社会问题，除了用画笔关注社会外，他还拿起了笔，撰写了大量的随笔，在有关报刊上发表，如《清明》《回家》《谨防抬轿子》等文章发表后，在社会上引起了强烈的反响。

在当代画家中，朱维民以其独树一帜的草根情结而自成一家。对底层百姓的爱和同情，使他的作品形成了贴近时代、赞美生活、讴歌人民的鲜明特色。

朱维民教授说，艺术家是知识分子，而知识分子必须有他的公共性和社会责任感，知和识是两个概念，知而识之才是真正的知识分子。也许正是这一独到的见解，才形成了朱维民教授独特的草根情结和人格魅力。

相关链接：

朱维民（1932.12—）上海人。擅长油画、西方美术史。1948年在杭州西湖艺术研究所学习。1953年毕业于中央美术学院绘画系。长期在新疆工作。前中国人民大学艺术研究所所长，现为中国美术家协会会员、中国人民大学副教授。曾赴美国讲学。油画《新疆维吾尔族百岁老人》入选1982年巴黎春季沙龙，《黄昏》为中国美术馆收藏，作品有《贫农的女儿》等，出版有《朱维民油画素描集》等。

2006年10月

方言趣谈

有的方言可以用书面语言来表述，但意义却大不一样。方言有很多弊病，但也有很多好处，她如同人类的基因一样，可以使你在茫茫人海中找到同乡，因为乡音为你辨明了方向。

方言，俗称地方话，只通行于一定的地域，它不是独立于民族语之外的另一种语言，而只是局部地区使用的语言。现代汉语各方言大都是经历了漫长的演变过程而逐渐形成的。形成汉语方言的要素很多，有属于社会、历史、地理方面的因素，如人口的迁移，山川地理的阻隔等；也有属于语言本身的要素，如语言发展的不平衡性，不同语言的相互接触、相互影响等。

方言虽然只是在一定的地域中通行，但本身却也有一种完整的系统。方言都具有语音结构系统、词汇结构系统和语法结构系统，能够满足本地区社会交际的需要。同一个民族的各种地方方言与这个民族的共同语相比，一般总是表现出“同中有异、异中有同”的语言特点。一般情况下，民族共同语总是在一个方言的基础上发展起来的。

我国幅员辽阔，方言的种类也多如牛毛，有“隔河变音”之说，意即虽然只隔一条河，但口音不同。由此可见，方言是人们社会交往中的一种障碍。

鲁迅先生在一篇文章中写道：记得年幼时，很喜欢看变戏法，猢狲骑羊，石子变白鸽，最末是将一个孩子刺死，盖上被单，一个江北口音的人向观众装出撒钱的模样说道：“Huazaa！Huazaa！”大概谁都知道，孩子并没有死，喷出来的是装在刀柄里的苏木汁，说“Huazaa”他便会跳起来的。但还是出神地看着，明明意识着这是戏法，而全心沉浸在这戏法中。

鲁迅先生听不懂“江北口音的人”讲的方言，只好用拉丁字母拼出了那江北人方言的发音。编辑先生估计也不懂“Huazaa”的真正意义，在解释中以“译音似‘哗嚓’，形容撒钱声”自圆其说。依笔者愚见，鲁迅先生笔下的“Huazaa”应当是苏北或鲁南方言中的“发财”，因为我见到过山东人耍把式卖艺，几圈下来，便抱拳当胸，口中连称“发财发财”，意在讨点零钱。

只要是方言，都晦涩难懂。笔者曾经听过这样一个段子，苏南某企业家在给外地取经者介绍经验时，需有“吴语”翻译，一日，翻译不在，这位企业家就叫在他身边工作多年的外地大学生当临时翻译，当这位企业家说到“强将手下无弱兵”时，这个大学生猜了半天也没有猜出这句吴方言的真正意义，最后他灵机一动，将这句话按吴方言的语音译成“长江下游不结冰”。

方言只能用方音讲，否则会使人丈二和尚摸不着头脑。据说，有一外地人到无锡县某小镇向一中年妇女问路，这位妇女为了能使外地人听得懂，便将方言“直译”成普通话：“一字八字跑，马路过海边，前面有个花答答。”问路者听的是普通话，但不知所云，因为他不知道怎样才能“一字八字跑”，更不知道什么叫做“花答答”。其实，这位妇女说的大意是：“一直往前走，到马路那边，有一个出口”。

有的方言可以用书面语言来表述，但意义却大不一样。一次，我与香港媒体一女士吃饭，她把啤酒说成“凉茶”，还说我很“风骚”，惹得同桌朋友喷饭不已，而她却不以为然，后来一朋友解释道，在香港，“风骚”就是“风趣”的意思。

关于讲方言闹出的笑话很多，我曾听过这样一个故事，陕西一农民到北京一小餐厅吃饭，他用浓重的方音对服务员说：“小姐，俺要水饺。”服务员道：“这儿不是旅馆，怎么可以睡觉？”这位农民以为没有水饺，又说：“俺馍哩！”服务员气愤地道：“回家摸你老婆！流氓！”显然，这位服务员把这位大哥说的两句话听成了“小姐，俺要睡觉”和“俺要摸你”。

在方言中，往往夹杂着很多土语，我的一位朋友就曾经把我家乡灌云个别人讲的普通话称之为“彩色普通话”，意即在用普通话表述中夹带很多土语。最著名的段子说的是灌云某人出差乘火车，如厕后，回来发现自己的座位被别人坐上了，这位老乡便用普通话对占了他位置的人说：“这是我的落头。”大意是这是我坐的地方。但被问者一头雾水，这火车上哪来你的骆驼？

还有一个故事也很经典，话说一位在无锡打工的灌云大叔患了感冒，咳嗽不止，于是就到医院就诊。医生看他不停地咳嗽，于是就问他：“哪里不舒服啊？”大叔答曰：“吞（tèn）子不舒服，麻辣辣的，还有点嘚（dēi）”。医生通过望闻问切，估计大叔也就是患了普通的感冒，但大叔的话却一点不懂。在灌云方言中，咳嗽一般都说“嘚（dēi）”，而嗓子一般都称为“吞（tèn）子”（作者注：“吞”在《说文》中为“咽也”）。

外地的方言我不懂，但因我生长在灌云，对灌云的方言略知一二。在这个方言中，哥锅同音，个过同音，贺祸同音，饿卧同音……而很多土语则令外来人听来云山雾障。如把太阳称之为“太阴”，把晴天称之为“红花大太阳”，把毛毛雨称之为“小雾纳子”或“小狗毛子”，把倾盆大雨称之为“瓢浇我脸”，把土豆称之为“地蛋”，把莴苣称之为“莴鸡苔子”，把短袖衬衫称之为“秃膀褂子”，把说话不着边际称之为“离三冒九”举不胜举。

方言有很多弊病，但也有很多好处，它如同人类的基因一样，可以使你在茫茫人海中找到同乡，因为乡音为你辨明了方向。今年夏天，有机会与美国江苏友好协会主席周成栋先生在无锡相识，从他讲话的口音中，便可知道他是苏北同乡，后来得知他是沭阳人，少年赴台，后定居美国，虽离家50余年仍乡音未改。他对我说：“乡音难改。”我对他说：“感谢乡音，感谢方言，是乡音拉近了我们的距离。”

2002年12月7日

谈谈灌云方言中的汉字

灌云的方言很复杂，在我读书的时候，也曾经请教过老师很多字，但老师也是一脸的茫然，于是他们就采取变通的方式，找一些意义相近但读音不同的字来“糊弄”学生。

我生在灌云，长在灌云，为了生活，长大后离开灌云，但十分想念和热爱灌云。只要是身在异乡，抱有我这种心态的人肯定不止我一个人。所以，每每听到故乡人口中那熟悉的乡音，思乡之情就会如影随形，挥之不去。唐代诗人贺知章写下的“少小离家老大回，乡音无改鬓毛衰”。这首古诗，也反映了他在成长过程中留下的文化印记——乡音。所以有人说，乡音，是一个不老的记忆，乡音，是一首难忘的歌谣。

乡音好听，但很多字词却让外地人难以理解。去年，我在家乡的晚报网上读到了该报记者写的文章，标题为《广西籍村官一个月听懂灌云话》，说的是毕业于中央民族大学、来自广西贵港的覃克插来到灌云当村官，并用很短时间听懂方言的故事。记者这样描述道：“银开子、家天子、倒演子（音）……如果不是土生土长的灌云人，您一定不明白这些词语的含义”。“银开子是硬币的意思，家天子是家院的意思，倒演子是倒垃圾的意思……”

其实，记者的描述与解释都是有问题的。在灌云话中，“银开子”应当为“银尜（gá）子”，银尜，就是指面值小的硬币，也就是家乡人常说的“小银尜子”。除了灌云方言，到过陕西的人都知道，陕西方言里尜（gá）的意思也是钱的意思。在古代，我们使用的货币都是一些小东西，统称尜，现在你在西安街头经常可以听见大家使用“尜”这个字：没尜了，就是没钱了。还有记者描述的“倒演子”就是倒垃圾，也是与本意风马牛不相及。“倒演子”应当为“倒菸（yān）子”，在灌云，人们一般将枯萎的、已经成熟的、小于植物秸秆的细碎叶或芒称之为“草菸子”，菸，就是枯萎的意思。

灌云的方言很复杂，不仅记者搞不明白，很多教书的老师也搞不明白。春节后到灌云登伊芦山，中午吃饭时，该乡宣传委员曹建祥讲了这样一则故事，说的是某小学教师在上级教研组来听课时，拿出了一个苹果，大声问：“同学们，这是什么？”学生朗声回答：“苹狗（果）。”老师说：“独逗独逗（灌云方言，很对很对的意思）。”这则故事虽然只是饭时的笑料，但也反映出灌云一些教师普通话的水准。

在我读书的时候，也曾经请教过老师很多字，但老师也是一脸的茫然，于是他们就采取变通的方式，找一些意义相近但读音不同的字来“糊弄”学生。

如搋（chuāi）面，音如“揣在怀里”的“揣”同。在灌云话里，搋的意思是：用拳使劲儿压揉。譬如说：“搋面，要使劲搋！”搋面一般用一只手，不仅要用拳，还要用力气，揉面用两只手揉，力气就比搋小，而和面用的力气就更小了。《现代汉语词典》解释“搋”说：“以手用力压和揉”，并举了“搋面”的例子。这个解释不能说十分妥帖，“手”当改为“拳”才是。以手掌压面或揉面，叫作“揉”。譬如说：“这馍馍得多揉两遍，蒸出来才好吃。”只有以拳头压揉面团，才说“搋”。

那么，灌云话这个“搋”从何而来呢？据《广韵》解释为：“以拳加物”；唐代玄应《一切经音义》卷十五引《通俗文》也说：“拳手挃（zhì）曰搋也。”“挃”在这里是指“捣”或“撞”的意思。“以拳加物”也好，“拳手挃”也好，说的都是握拳以用力作用于某物。作用于面团，就说“搋面”；以拳击人呢？也叫“搋”，如：“你再胡卷乱骂，我搋死你。”再者，往口袋里装东西装到最后亦如此，也是要“搋”的。可见，灌云话的“搋”并不是灌云人自己杜撰的，而是严格遵循着古义的，但在现在很多灌云人的嘴里，“搋面”变成了“和面”或“揉面”。

再如“戽（hù）水”，一般都写作浇水。其实，戽水与浇水是截然不同的，戽水有专用工具，即戽水斗，是用杞柳编制而成的半圆形容器，戽水就是用“斗”把水从低处戽到高处，“斗”的两边对称着系两条长长的麻绳，该麻绳前短后长，水塘里面水有多深，这麻绳就放多长，两人相对着在塘边站好，左右手分别抓牢斗边的两条长绳，俯仰间将低处的水戽到高处。戽水不是任何人都可以戽的，假如你没这功夫，那绝对不要想把水戽起来，即使你将斗放到水塘里，你也不会戽起满桶的水来，且戽水的方向也不会达到你所想象的地方。

戽水，实际就是汲水灌田。宋代诗人范成大在《夏日田园杂兴》诗之六写道：“下田戽水出江流，高垅翻江逆上沟。” 宋代诗人陆游在《村舍》诗之四写道：“山高正对烧畲火，溪近时闻戽水声。”《儿女英雄传》第三十三回：“挖了水道，雇上四个长工戽水，也够使的了。”

我小时候就经常与父亲或哥哥戽水。当你与对面的搭档双双躬下身去，两只手捏着的绳子必须控制得恰到好处，使斗的前边成一定的斜度，“唰”的一声扎下水去。斗进满水的一刹那，靠斗沿边的那条绳必须不失时机地往上提，待斗子凭惯性升到一定高度时，靠斗底边的那条绳再用力往回一收，斗撤回来了，一泼水，水便从低处泼到了高处。这样循环往复，两只手用力的轻重、缓急和方向几乎没有一处是相同的，略走神，左右两手的配合出现误差，或对面两人失去默契，那么水就戽不上来了，有时还会跌个踉跄。

熟练的戽水人一俯身，一后仰，一萦手，一甩肩，行云流水，一气呵成，一招一式，有板有眼，那姿势优美极了，令人羡慕不已，那泼剌泼剌的水声，犹如一首动听美妙的苏北民歌。

还有凫水（fú shuǐ），现在一般都变通为游泳。凫水究竟是不是游泳？我认为，游泳一词用在锻炼身体或比赛一类的活动上比较贴切，而凫水基本与锻炼或比赛没有关联，如“鸭子没有不会凫水的”，再如鲁迅在《社戏》里写道：“这十多个少年，委实没有一个不会凫水的。”

在灌云方言中，挠痒一般叫“蒯（kuǎi）痒”，挠挠叫“蒯蒯”，挠痒痒叫“蒯痒痒”，挠一挠叫“蒯一蒯”。蒯，动词，指用指甲挠[也有写成“㧟”（kuǎi）的]。《醒世恒言》中就有这么一句：“我绰着经儿，只望着他那痒处替他蒯。”

还有“薅（hāo）地”，一般都被变通为“锄草”，其实，薅地与锄草是不同的，薅地既有锄草的功能，也有给庄稼松土的功能。薅地，可以增加土壤的透气性能，促进植物生长。

在很多人看来，灌云方言晦涩难懂，其实，只要你用心就会发现，在灌云方言中，有不少字或词的源头很古远，并非灌云人杜撰，只是这些字词在历史的长河中逐渐地被人们淡忘罢了，这种淡忘的始作俑者就是教书匠和文化人的变通。

有这样一个故事，据史料记载，灌云县的燕尾港原名为天生港，1913 年，清末状元南通人张謇，来这里考察，认为“天生”这个地名不能推动社会前进，还其大自然的面貌，遂将海岸线形似燕尾的港口，改名“燕尾港”。我认为这一说法不一定对。

据我的理解，燕尾一词，就是我们老一辈说的“盐圩”的谐音（老一辈又称该地为“下码头”)。盐圩，就是产盐的圩子（灌云东部地区地势低洼，圩的意思就是低洼区防水护田的土堤)，后来就叫“盐圩港”，经一些文化人一解读，就成了“燕尾港”。

再如灌云的大伊山，说是因伊尹得名，其实，我认为是没有根据的。理由是，灌云是古代东夷族的居住地，留有大量历史遗存，所以，伊山，应当为“夷山”。

还有的就是原属灌云（1929—1933 年）的板桥镇，其实原名叫小板艞（跳音，汉语拼音第四声），清朝时盐商在附近烧香河架木艞板，因此称板艞。早在 1948 年就设板艞乡，1949 年板艞乡改为张艞乡。1963 年 3 月，复置板艞镇，1965 年 6 月，板艞镇更名为板桥镇。

现在灌云的善后河，可在高速路的指示牌上，偏偏要写成“山后河”。正因为如此，方言中的字或词在地方文人的一次一次变通中，变得无从考证。

“山后”与“善后”、“板桥”与“板艞”，只是一字之差，但却表现出个别文人的无知和傲慢，也是个别文人对连云港海洋文化的人为割裂，更是个别文人对连云港传统文化的轻率否定。

2009 年 2 月 13 日

春夏之交话野菜

春天除了挖野菜，还有野生的菌类。每年春夏雨后，土坡的草地上便长满了地菌皮，又称地皮。这种类似木耳的菌类植物，墨绿色，软软的，拣回家炒韭菜，那是最美不过的佳肴。

“陌上柔桑破嫩芽，东邻蚕种已生些。平冈细草鸣黄犊，斜日寒林点暮鸦。山远近，路横斜，青旗沽酒有人家，城中桃李愁风雨，春在溪头荠菜花。” 这是南宋诗人辛弃疾一幅描绘春景的工笔画，一幅细腻的田园美景。小时候，我在《千家诗》中读过的，而最让我读而难忘的，就是最末一句：“春在溪头荠菜花。”

每到春天，我就会想起这首词。也正因为如此，每到春天，就使我想起荠菜。“城中桃李愁风雨，春在溪头荠菜花”。其实，不仅是辛弃疾，陆游对荠菜也情有独钟，“日日思归饱蕨薇，春来荠菜勿忘归”，可见他对荠菜也有着特殊的情愫。

荠菜为十字花科植物，是一种人们喜爱的可食用野菜，其营养价值很高，食用方法多种多样。早春时节，在郊区、溪边、墙根、堤畔，随处可见。这种开着白色小花的植物，它的花朵很小，锯齿状的叶片有毛，看起来十分不起眼，但就是这种不起眼的植物，却是一种不可多得的美味。

离家多年，我还记得老家有这样的俚语：“二月二，挑（方言，挖的意思）荠菜，荠菜包饼筋拽拽。”周作人在《故乡的野菜》里，也提到 “荠菜马兰头，姊姊嫁在后门头”。但只说是马兰头常有乡下人进城来卖，总是常见，更多的笔墨却在说荠菜和其他的野菜。如荠菜，多半是要人自个去地里挑。

记忆中，挖野菜和吃野菜，一般都是在春夏之交。也就是说，这个时候正是农村青黄不接的时候，秋天储藏的粮食已经吃完，夏天的小麦还没有收割，家里除了地瓜干和玉米，再也没有其他粮食，绿色的蔬菜更是无从说起。老辈人说，一到春天，桌子上连一根绿毛都没有，吃的都是前一年秋天腌制或晒干的咸菜或干菜。

也正因为如此，每当春天来临时，我们就会在野菜适合“吃”的时候，背起柳条编的篓子，带上镰刀或铲子，去挖野菜。春天，也就成了人们采食野菜的季节。除了荠菜，还有马齿苋等。

关于马齿苋，有一个美丽的传说：古时天上有十三个太阳，晒得人们实在受不了。人们求救于玉皇大帝，玉帝令杨二郎用箭把太阳全部射掉，杨二郎只射掉了十二个，最后一个躲到马齿苋丛去了。太阳避难时曾许下诺言，永远不晒死马齿苋，并认马齿苋为舅舅。所以，马齿苋具有很强的生命力，不怕涝、不怕旱，太阳暴晒也晒不死。

其实，在繁若晨星的野菜当中，马齿苋是比较常见的一种，厚厚的叶片，紫色的茎，不管是在田野、路旁、溪畔，都可以见到它的踪迹。宋人苏颂曾描绘它的形态：“叶青、梗赤、花黄、根白、子黑。”正因为它含有五行之义，所以古时人称它为“五行草”。

人是一个古怪的动物，那时家里很穷，挖野菜是一件很“痛苦”的事情。但现在回忆起来，却有一丝幸福的感觉。我想，这种感觉不仅是指吃，也是在怀念与小伙伴们一起挖野菜时的美好时光。

如挖小蒜。小蒜是百合科草本植物，又称山蒜、夏蒜、野蒜等，我国各地均有分布。小蒜的根部很像大蒜，藏得很深，得随身带一把小铲子。因为费力，所以采回去才感到特别珍贵。洗净，用盐腌一会儿，就可入食，虽然什么也不放，可是很爽口，就着它，几口饭咽下，盘碗就已经见底了。小蒜之美味，说起来不免流口水，直到2002年在无锡工作时，我还在办公室楼房的后墙边挖过一次。

除了挖小蒜外，我们还会去刨芦蒿。每年春天，我们几个小伙伴都要跑到离家几里路的沂河趟去挖。芦蒿又名蒌蒿、香艾。据说，芦蒿在古代已成为人们食用之菜。在北魏《齐民要术》及明代《本草纲目》中均有记载。那时挖回来的芦蒿，我们专吃根部。现在这种野菜已经不“野”，南京的江心洲和连云港的灌云县都有人工培植，专吃茎部。它有一种浓郁的清香味，“蒜蓉清炒芦蒿”、“芦蒿炒香干”等，吃起来真可谓唇齿留香。

野菜不怕干，不怕涝，其朴实也如其名，做法也很简单，多数用来凉拌或炒着吃。如凉拌马齿苋，去除其杂物，洗净，后用开水一烫，然后沥干，切碎，加入蒜蓉、香油、凉拌酱油、味精、盐等调料即可装盘。马齿苋还有一种做法，就是在夏秋的时候，将其用开水断生后晾干。这种晾晒出来的马齿苋干，或在做红烧肉时放一点，或将其水发后切碎，与肉末做包子馅，口感柔糯鲜香，不失为野菜中的上品。

还有一种野菜叫马兰头，又名马兰菊、竹节草、红梗菜，实在是野菜中的下里巴人。因近年越来越受欢迎，以至已有菜农专门播种剪卖。袁枚在《随园诗话》里就曾说：“马兰头者野菜名，京师所谓‘十家香’。”一下子跃居为“十家香”，很明显，此时的马兰头，已成为野菜珍品了。至于马兰头怎么个吃法？清袁枚主张“马兰头，摘取嫩者，醋合笋拌食，油腻后食之，可以醒脾”。当代名作家汪曾祺先生则喜欢把马兰头用开水烫熟挤干，拌以细盐、碎香干丁，再淋以芝麻油。而汪曾祺所说的这种吃法，已成为江苏高级酒店的普遍吃法。前几日，我还在北京的江苏饭店吃过。

香椿，不知道是否属于野菜的范畴。怀疑它不是野菜，是因为它是香椿树的叶子或嫩头。说它是野菜，是因为香椿树完全不要任何人伺候，不打农药不施肥。我很爱吃香椿炒鸡蛋，尤其喜欢闻它刚出锅时散发出的浓浓香味。每到香椿树发芽的季节，香椿炒鸡蛋必是我首选的佳肴。

春天除了挖野菜，还有野生的菌类。每年春夏雨后，土坡的草地上便长满了“地菌皮”，又称地皮。这种类似木耳的菌类植物，墨绿色，软软的，拣回家炒韭菜，那是最美不过的佳肴。一下过雨，孩子们都喜欢当宝贝似的拣了捧回家。直到现在，我还记得当时有这样一句顺口溜：“地菌皮，炒韭菜，不吃不吃伸两筷。”

还有一种就是茅草菌。茅草菌生长在茅草丛中，恰似一把撑开的雨伞，粗把厚面，淡褐色，大的有杯盖大，小的像铜钱，但小的味道更好。有单个生长的，也有七八个成丛成簇的。记得茅草菌的最佳生长期是阴雨天，生长期一般只有一个星期左右，雨过天晴，太阳一晒，两三天时间就会自行萎缩。

我的少儿时代是在农村度过的。那时，农村还是起早摸黑挣工分的时代。一到夏天下雨的时候，我们这些小孩子便手提竹篮，来到河边的茅草地里采菌。每当碰到一丛一簇，心里就像灌了蜜一样，一个早晨或半天的收获一般在一斤左右。茅草菌子捡回来，和地菌皮一样，一般也是炒韭菜，用茅草菌炒出来的韭菜，有一股难以名状的奇香。如果用茅草菌来炖肉，那真是一道世间美味。

我认为，野菜，完全靠天生地长，它采地之灵气，取天之精华，是大自然对人类的馈赠。所以，每一次品尝，我都感觉是和自然的亲密接触。夹一点放在嘴里，细细地品尝，那淳朴的、带有泥土芬芳的鲜香，就会慢慢地沁满你的味蕾，滋润你的心田。

人类采食野菜的历史，从《诗经》顺流而下。《关雎》中说：“参差荇菜，左右流之”，描绘的是青春女子在灿烂春光中轻快地采集野菜；到《影梅庵记》中所忆董小宛善于腌制野菜，使“黄者如蜡、绿者如翠”。而现在的野菜，已经成为各大酒店的时尚食品。

野菜不仅可以食用，还可以入药。在我小的时候，曾经花八分钱买了一本《常见中草药图谱》，在那个时候，我就知道野菜不仅能够丰富餐桌，也是防病治病的良药。如荠菜能清肝明目、中和脾胃、止血降压等，被称为“天然之珍”。蒲公英可清热解毒，是糖尿病、肝炎病人的佐餐佳肴；马齿苋也能消炎解毒，有预防痢疾的作用，并对胃炎、十二指肠溃疡、口腔溃疡有独特的疗效；苦菜则可以清热、冷血、解毒，治疗痢疾、黄疸、肛瘘、蛇咬伤等。

写到这里，我忽然想起了汪曾祺的话：“过去，我的家乡人吃野菜主要是为了度荒，现在吃野菜则是为了尝新。”现代人吃野菜，或许也有诸多感受，但肯定无法重温那苦难的滋味了。野菜那淡淡的苦涩与清香，仿佛也成了我们吃腻了大鱼大肉之后所苦苦寻觅的回归方式。

2009 年 5 月 10 日

想起“小海鲜”

说起老百姓吃得起的“小海鲜”，其实很多。除沙光鱼、仔乌、鱿鱼外，把蛤蜊、文蛤、蛏子、皮皮虾用盐水煮开，就可以端起白酒，甩开腮帮子，大快朵颐了！

虽然老家是江苏灌云，离黄海也就二三十公里，属于连云港市，但对于海鲜这两个字，还是很新鲜的。

记得小时候的海鲜，也就是常吃的虾皮、虾酱、沙光鱼，偶尔在麦收的时候，也有海边的人到我们乡下来卖梭子蟹，那个蟹子红红的，都是用盐水煮好了的，五分钱一只，我们买来后，将蟹肉吃完，将壳装在小树枝上，迎着风跑，蟹壳在风的吹拂下呼呼的转，我们称之为风转子。

关于虾皮，我们只知道吃，不知道是怎么捕的，直到前年，连云港市《苍梧晚报》老总王绪年出版《海边纪事》，我读后才知道：“虾皮，是海中最小的虾子，大如豆芽，小似蚁虫。每年夏秋旺发。别看它小，吃起来可鲜了。到了捕捞时，人们用网具把它捕上来，在海水里洗净再放锅里煮熟，然后晒干就可以食用了。用它来冷拌、炒菜、烧菜、蒸蛋、做汤，都会美味无穷。在我们老家的海边，一般人家都会捕，会吃，不仅当季吃，还会留着一些过冬。”

关于虾酱，一般也都是燕尾港海边一带的人，骑着自行车，后面的车架上一边绑一个木桶，里面装着虾酱，走村串户地叫卖：“虾——酱嗷！”那声音，带着咸咸的海味，从远处传来，庄上的大爷大妈小媳妇就会拿出大汤碗或小搪瓷盆，等着卖虾酱的生意人到来。

据说，虾酱的原料以小型虾类为主，常用的小白虾、眼子虾、蚝子虾、糠虾等。选用新鲜及体质结实的虾，用网筛筛去小鱼及杂物，洗净沥干。加上相当于虾重量 30%～35%的食盐，拌匀，渍入缸中。用盐量的大小可根据气温及原料的鲜度而确定。气温高、原料鲜度差，适当多加盐，反之则少加盐。每天两次每次 20 分钟，用木棒搅拌捣碎。捣碎时必须上下搅匀，然后压紧抹平，以促进分解，发酵均匀。连续进行 15～30 天，至发酵大体完成为止。直到现在，还记得虾酱煮花生或黄豆，那个香啊，用王绪年的话说：“恨不得连舌头都嚼嚼咽下去。”

沙光鱼，比起虾酱、虾皮、梭子蟹就要稀罕得多。那时候我们吃的沙光鱼，没有一条是新鲜的，都是干货。记得小时候，家里很少买。每年秋天以后，家住东陬山的表哥朱佩金就会带几斤过来。只见那个沙光鱼干，一拃来长，除了大大的头和满身盐渍，那干巴巴的身段真的会让你怀疑有没有肉，可就是这么一个干巴如树枝的“鱼干”，烤出来就饭，在那物质匮乏的年代，可真是一道美味啊！

烤沙光鱼干比较简单，那时候人们做饭，一靠烧草，二靠煤炉。想吃鱼干了，用火剪、炉钩搭在锅堂里，或者搭在炉子上，把鱼干放到上面，不停地翻烤，就跟翻烧饼一样，不一会鱼干就烤得焦黄，散发出阵阵鱼香味，这样鱼就烤好了。

沙光鱼是连云港市的特产，嘴大贪食，小鱼、小虾、沙蚕之类，凡能吞下的东西都吃。因此，它长得特别快，每年清明时节产卵，孵化后生长迅速。待到霜降时，有的可长近 1 尺，重 4 两多。尽管沙光鱼长得很快，却只能一年一换代，只能尺把长。

每当深秋季节，沙光鱼最肥，是捞捕、食用的最佳季节，故有

“十月沙光赛羊汤”之说。当地盐区曾流传这样一首民谣：“正月沙光熬鲜汤，二月沙光软溜当，三月沙光满墙撩，四月沙光干柴狼，五月脱胎又还阳，十月沙光赛羊汤。”形象地道出了沙光鱼由盛到衰的生长过程。

关于沙光鱼为什么长不大，流传着这样一个民间传说：很久以前，沙光鱼便开始生活在苏北沿海一带。它头大嘴大肚皮大，喜欢贪食，因而长得也快，从四五月出世到腊月就有一尺长了。有一年，东海龙王敖广举行鱼类竞长选拔赛。参加比赛的沙光狂妄无比，认为自己能吃能长十分了不起，于是在赛场上摇头晃脑地对老龙王说：“我一年长得一尺长，十年就赶上你老龙王，哈哈，我沙光鱼说不定要登一登你的龙王宝座哪。”老龙王一听，勃然大怒，当场写下玉旨，命龟丞相当众宣读：“骄傲自满小狂孩，忘乎所以太轻率，罚你一年一脱胎，十年还是我小乖乖。”沙光鱼听后不服气，扭头就窜，不小心撞在大木桩上，弄了个鼓嘴大憋气。现在沙光鱼一捞上来，两个腮还一鼓一鼓的，好像很不服气的样子。从此，沙光鱼只能活一年，每年三四月便会自行消瘦死亡，体长也不过一尺左右。

后来走上社会，吃海鲜的机会多了，就连北京最早的高档粤菜酒楼之一——黎昌海鲜大酒楼，也多次去过。但那种海鲜，怎么也比不上小时候在老家吃沙光鱼、虾酱、虾皮、梭子蟹的味道。

2003 年，我在连云港市新浦区买了房子，吃海鲜的机会可就多了，但不是鱼翅、鲍鱼、海参等“大海鲜”，都是老百姓吃得起的“小海鲜”。如沙光鱼、蛤蜊、文蛤、蛏子、海肠、仔乌、鱿鱼、皮皮虾等，这些海鲜做起来很方便，除沙光鱼、仔乌、鱿鱼外，把蛤蜊、文蛤、蛏子、皮皮虾用盐水煮开，就可以端起白酒，甩开腮帮子，大快朵颐了！

2009 年 6 月 30 日

盛夏时节说莲藕

莲花，这一大自然赐给人类的圣物，牵动着多少志向高远的文人墨客的神经。而“出淤泥而不染，濯清莲而不妖”的高尚品格，正是很多仁人志士的不懈追求。

夏天，可以说是荷的季节，从六月到八月，只要是有荷的地方，就有荷香的清新幽静，真可谓暗香浮动。那碧如伞盖的荷叶，亭亭玉立的荷花，不知引发多少文人墨客为之倾情泼墨，流连忘返。正因为如此，很多地方搞起了荷花节。今年北京莲花池公园的荷花节已经是第九届了。这里，每天游人如织，就是要目睹这一“出污泥而不染”的精灵。

我的老家在江苏灌云，记得小的时候，故乡的沟汊河塘里，除了芦苇，就是大人们栽种的莲藕。大人们栽种莲藕的目的，当然不是为了观赏，而是为了卖钱。每到中秋前后，大人们光着身子，在荷塘里“踩藕”。被踩起来的、白白的莲藕漂在浑浊的水面上，一节一节，着实馋人。于是我们这些小孩子，就流着口水，将小一点的莲藕洗一洗，直接放进嘴里，那脆生生、甜丝丝的滋味，不亲自品尝，你是永远无法体味的。

后来等我到了十一二岁时，也就是会游

泳的时候，每到夏天，我就会跟在哥哥的后面，屁颠屁颠地去“踩藕”。那时的莲藕，可不是现在有些地方的浅水藕，都长在一两米深的河塘里。只见哥哥等大人先用双脚在淤泥里试探，然后一个猛子扎下去，也就是几十秒的时间吧，一个完整的莲藕连同人浮出了水面。而我呢，因为人小，只能在荷塘边上踩，即使脚下发现莲藕，也是小的，且十分难取，因为河塘边上的莲藕都生长在岸边的硬土里。

每次踩藕，大人们满载而归，我是很不服气的。于是，在有一年的夏天，干脆趁着大人们不注意，于一天中午，我和几个小伙伴来到邻队的一个十几亩大的水塘里，“踩”了十几斤莲藕回家。家长不相信我能踩那么多完整的莲藕，我只好实话实说，这藕是邻队刚刚栽种下去的白花藕，这种藕不仅个头大，而且又脆又甜。得知实情，我们只好在家长的怒骂下，又将“踩”来的莲藕送回邻队的河塘里。记得，我还挨了看场老人王西山的一记耳光。

长大后，由于有人到我们老家去续家谱，我们的周姓是汝南堂，而来人却是爱莲堂，不属于一个谱系。家谱没有叙成，却使我知道了这样一个人，爱莲堂的创始人——周敦颐。

周敦颐（1017—1073），我国宋代思想家、理学家。原名敦实。字茂叔，号濂溪，谥号元公。道州营道县（今湖南道县）人。周敦颐是我国理学的开山祖，他的理学思想在中国哲学史上起了承前启后的作用。周敦颐性情朴实，自述道：“芋蔬可卒岁，绢布是衣食，饱暖大富贵，康宁无价金，吾乐盖易足，廉名朝暮箴。”他从小信古好义，“以名节自砥砺”。平生不慕钱财，爱谈名理，他认为“君子以道充为贵，身安为富”。他虽在各地做官，但俸禄甚微，即使这样，来到九江时，他还把自己的积蓄给了故里宗族。

周敦颐酷爱雅丽端庄、清幽玉洁的莲花，曾于知南康军时，在府署东侧挖池种莲，名为爱莲池，池宽十余丈，中间有一石台，台上有六角亭，两侧有“之”字桥。他盛夏常漫步池畔，欣赏着散发出缕缕清香、随风飘逸的莲花，口诵《爱莲说》。自此莲池名震遐迩。

而“出淤泥而不染，濯清莲而不妖”更是成为千古绝唱，至今仍脍炙人口。

莲花，一直被文人墨客所钟爱，在千古第一诗人屈原的代表作《离骚》中就有这样的诗句：“制芰荷以为衣兮，集芙蓉以为裳。”诗人为了表达自己不与世俗同流合污的决心，要穿上用莲花做成的香气馥郁的衣服。在这里，莲花这一形象，不仅象征着诗人高洁的品质和美好的修养，而且表现了诗人浓烈的激情和奇幻的想象。

“江南可采莲，莲叶何田田。鱼戏莲叶间。鱼戏莲叶东，鱼戏莲叶西，鱼戏莲叶南，鱼戏莲叶北。”这是汉代乐府民歌中的一首极为清新优美的小诗。在这首小诗中，“莲”既指实物花卉莲花，又是爱怜的“怜”谐音，以鱼戏莲叶隐喻男女之间的爱情，极其生动形象。

“荷叶罗裙一色裁，芙蓉向脸两边开。乱入池中看不见，闻歌始觉有人来。”在唐代七绝圣手王昌龄的这首《采莲曲》中，采莲少女的美丽虽不着一字，却尽得风流，因为她们的身影已与风光秀丽、如诗如画的荷塘、莲花融为一体了。从这自然浑成、耐人寻味的意境中，我们不难感受到中国古典文学的魅力吧。

代表着南朝乐府民歌最高成就的《西洲曲》，更是对莲花和采莲有着细致入微的描写：“开门郎不至，出门采红莲。采莲南塘秋，莲花过人头。低头弄莲子，莲子青如水。置莲怀袖中，莲心彻底红。忆郎郎不至，仰首望飞鸿……”这首诗中采莲的情形，不仅生动地展示了江南水乡人民的生活，而且写出了采莲女主人公对远行丈夫深深的思念之情，语言清新明丽，意境悠远，情思缠绵。

以“诚斋体”闻名南宋诗坛的著名诗人杨万里的诗《晓出净慈寺送林子方》：“毕竟西湖六月中，风光不与四时同。接天莲叶无穷碧，映日荷花别样红。”在这首诗中，诗人撷取了“接天莲叶”和“映日荷花”两个典型景物，以通俗明快、流转圆活的风格，写出了六月里西湖的美丽风光，一改宋诗瘦硬生涩的弊端，极具自然灵性。

明代的许仲琳，在其著名的神魔小说《封神演义》中，塑造了一个莲花化身的少年英雄哪吒的形象，他纯真勇敢而又法力高强，敢于蔑视神权、打抱不平，极具正义和反抗精神，是我国古典文学中为人民群众所喜爱的人物形象之一。透过哪吒这一神话人物形象，我们看到莲花又变成了正义和勇敢的化身。

而刚刚逝世的国学大师季羡林老先生，86岁那年，还特地写了一篇散文《清塘荷韵》，记述了种荷花这件事。他说塘荷盛开时，每天至少有几次徘徊在塘边，坐在石头上，静静地吸吮荷花和荷叶的清香。在一片寂静中，他的眼中是荷花，心中弥漫的是荷香。

该文在结尾写道："连日来，天气突然变寒。池塘里的荷叶虽然仍是绿油油的一片，但是看来变成残荷之日也不会太远了。再过一两个月，池水一结冰，连残荷也将消逝得无影无踪。那时荷花大概会在冰下冬眠，做着春天的梦。它们的梦一定能够圆的。冬天如果来了，春天还会远吗？"

莲花，这一大自然赐给人类的圣物，牵动着多少志向高远的文人墨客的神经。而"出淤泥而不染，濯清莲而不妖"的高尚品格，正是很多仁人志士的不懈追求。

附《爱莲说》原文：

（北宋）周敦颐

水陆草木之花，可爱者甚蕃。晋陶渊明独爱菊。自李唐来，世人甚爱牡丹。予独爱莲之出淤泥而不染，濯清涟而不妖，中通外直，不蔓不枝，香远益清，亭亭净植，可远观而不可亵玩焉。

予谓菊，花之隐逸者也；牡丹，花之富贵者也；莲，花之君子者也。噫！菊之爱，陶后鲜有闻。莲之爱，同予者何人？牡丹之爱，宜乎众矣！

2009年7月14日

听雨

他或急急匆匆，或飘飘洒洒。没有禅一样的心境，你很难体会到他的可爱与顽皮，也更难体会他的老成与世故。只有你用心体会，才会知道一年四季的雨，在每个季节是不同的。

大约是2007年的12月份吧，我参加了一场中国环境文化促进会组织的“绿色中国年度人物颁奖典礼”。记得参加这次活动的嘉宾，既有高官，也有明星。但这些人，我已大多记不起来了，唯一让我记忆深刻的，是在晚会的中途，主办方特意安排了这样一个小插曲——听雨。

当时晚会的现场一片沉寂，突然，雷声从多声道的喇叭中传来，不一会儿，雨点声由远及近，缠缠绵绵，滴滴答答，或急或徐，密密麻麻……雨声过后，灯亮了，雷动的掌声从观众席上爆发出来。也许，参加这场晚会的观众也和我一样，好长时间没有听到这样的雨声了。

自从走上社会，整天为工作和生计奔波，下雨，有时候会令你烦躁，令你沮丧，令你神情恍惚，再也没有听雨的闲情逸致。因为，这种来自天籁的声音，只有当你无欲无念、身心与大自然融为一体的时候，雨声才会是如此的和谐、宁静，并且优美。

我一直以为，这雨，是来自天外的尤物，更是上帝的宠儿。他或急急匆匆，或飘飘洒洒，或弥弥漫漫，或缠缠绵绵。没有禅一样的心境，你很难体会到他的可爱与顽皮，也更难体会他的老成与世故。只有你用心体会，才会知道一年四季的雨，在每个季节是不同的。

可以这样说，春天的雨，就如同一个顽皮的孩童，俏皮且充满天真。他，时隐，时现，或有，或无。有时候，能令你感觉不到他的存在，所以有人感叹：春雨贵如油。有时候，春雨仿佛就是一夜间的事情。而有时候，春雨又是那样的不明事理，那样的没完没了。那细如发丝的毛毛雨，如烟弥漫，无休无止。

你看那刚刚返青的麦苗和小草，在雾一般春雨的滋润下，叶尖的雨珠玲珑剔透，晶莹欲滴。难怪唐代大诗人杜甫就曾这样描述春雨："好雨知时节，当春乃发生。随风潜入夜，润物细无声。"这首诗，不仅表明那雨是伴随和风而来的细雨，而且表明那雨有意"润物"。一个"润"字，一个"潜"字，将春雨的性格描述得淋漓尽致。

而夏天的雨，就如一个20岁左右的毛头小伙，脾气暴躁，性格张扬，生怕人们忽视他的存在，甚至还有点趾高气扬。每当夏雨来临时，不是电闪雷鸣，就是黑云压城。噼里啪啦，稀里哗啦，那真叫狂风骤雨。那气势是何等的夸张，仿佛有摆显不够的本事。每当夏雨来临时，池塘里的芦苇们就躁动起来，相互推搡着，在水面上画着圈圈。而经历过风雨的柳树，则明显见怪不怪，有一种漫不经心的心态，婀娜多姿的枝条随风起舞。

宋代诗人赵师秀在《约客》一诗中写道："黄梅时节家家雨，青草池塘处处蛙。"夏天的雨仿佛是没有尽头的，特别是在我国南方的长江沿岸。每当夜里的雷声夹带着暴雨敲打着屋脊，听着雨点打在窗户上的声音，我就会想起陆游的诗句："夜阑卧听风吹雨，铁马冰河入梦来。"

到了秋天，这雨，就如一个到了中年的男人，棱角分明，沉稳并且收敛，比夏天的雨老成了许多。"秋雨不盖天。"父亲在世的时候，就经常这样说。意思是说，秋天的雨，是没有什么征兆的。有时候，艳阳高照，还会零零散散的下起“太阳雨”来。这雨，静悄悄的来，静悄悄的去。有时候，秋天的雨也会带一些朦胧、缠绵、柔细，但更为明晰的是明快、宁静、随意的习性，在这一成熟的性格中，秋雨又多了一些淡淡的哀愁。

唐代诗人王维的《山居秋暝》一诗最能代表秋雨明快的性格：“空山新雨后，天气晚来秋。明月松间照，清泉石上流。竹喧归浣女，莲动下渔舟。随意春芳歇，王孙自可留。”李端也在《茂陵山行陪韦金部》一诗中写下了“宿雨朝来歇，空山秋气清”的诗句；元代诗人萨都剌也在《过高邮射阳湖杂咏九首》中写道：“秋风吹白波，秋雨鸣败荷。平湖三十里，过客感秋多。”

而到了冬天，雨，就像一个已到垂暮之年的老人，宁静得有些尖刻、苍凉、委靡、拖沓。也许他也知道，冬天，是雪的天下。屋檐下不紧不慢的雨滴，如一台老式台钟，滴滴，嗒嗒，诉说着时光的流逝。偶尔也会下一场大雨，但对于冬天雨的生命来说，只不过是个回光返照罢了。在机会不多的回光返照中，冬雨正在做着春天的梦。

冬天，真的是雪的天下，即使偶尔下雨，也是凄惨忧郁的。朋友说，冬天的雨是用来品尝和欣赏的。的确，冬雨如一坛陈年老酒，在一片肃杀、静谧的冬天里，那曾经柔软的雨滴也坚硬了许多，一如饱经沧桑的老人的手。冬雨真的“老了”，正因为他的老，很容易将他的感伤，传递给失意的人们。

喜欢听雨，可不止我一个人，从古至今都有。宋代词人蒋捷在《虞美人·听雨》中，就这样写道：

少年听雨歌楼上
红烛昏罗帐
壮年听雨客舟中
江阔云低
断雁叫西风

而今听雨僧庐下
鬓已星星也
悲欢离合总无情
一任阶前
点滴到天明

所以，蒋捷听雨时的心情，是颇为复杂的。他是用听雨这件事，来概括自己的一生。通过在歌楼上、客舟中、僧庐下三处听雨的对比，概括了词人一生中的三个阶段，即少年、壮年、老年。而到最后“悲欢离合总无情”，是词人对时光流逝和世事变迁的感慨，那“一任阶前，点滴到天明”的心态，既有无奈，也有冷漠。但在感情上，却蕴藏着千斤的分量，看似无情却有情。

在年少时，读蒋捷的《听雨》，读出的是一份“少年听雨歌楼上，红烛昏罗帐”的欢快，就是偶尔有些许的忧愁，也是“为赋新词强说愁”的少不更事。而今，重读此词，才读出了一种发自内心的共鸣，因为，自己也是“鬓已星星”。

人生的每个阶段都有一个阶段的心情。只有当我们年老时，才会知道，很多的情怀已逝，很多的心情不再，很多的物是人非。所以，当词人颠沛流离、饱经忧患之后，尝尽了悲欢离合的滋味，心情就变得木然和淡定。

我喜欢蒋捷的这首词，也喜欢听雨。那玲珑剔透的雨滴，从天使的衣袖轻轻地滑落，不紧不慢，潇洒飘逸。每当下雨的时候，只要时间允许，我喜欢将身体斜靠在舒适的床上，手中捧一本书，聆听来自天籁的节奏，回忆自己的心灵历程。

童年时，浓情装满了那三间土坯垒砌的老屋。四季的雨如约而至，轻轻地，舔着父亲和母亲亲手栽种的、靠着窗台的月季或凤仙花，房顶厚实的茅草上传来细微的沙沙声。母亲做着手工活，父亲则吧嗒吧嗒地抽着旱烟。那么的宁静，那么的安逸。

后来，为了生计，我独自南下，来到了离家 800 多里的江南小镇，寄居在吴侬软语的人群中。每逢下雨的日子，我就会来到窗前，看雨点随风舞蹈，畅想老家的屋檐，是否也飘着这悠扬的雨滴？回想那雨丝，如同针线，在母亲粗糙的小手间娴熟地穿梭着。

现在，我走进了北京这座钢筋混凝土垒砌的城市。听雨，这种奢侈的心灵体验，与我已失散了多年，一切的回忆已无从开始。只能在寂寞的时候，在灵魂深处，来一次与雨声的邂逅。因为，听雨，给我带来了对人生的许多感悟。

2009 年 7 月 27 日

秋 思

此刻，我的脑海中想起了这样的诗句："落红不是无情物，化作春泥更护花。"其实，岂止是"落红"呢？落叶也是如此。它在季节的感召下，飘逸而下，为的就是明年的铺天绿色。

也许，南方的天气还是燥热得很吧。但是，现在的北京，秋风终于起了，席卷了往日的闷热和浮躁，世界一下就变得凉爽起来。那清凉，透过肌肤，直抵我的肺腑，沁入我的每一个细胞。

一直以来，在四季亘古的轮回中，秋天是最豁达和超然的。不似春天的繁华，夏天的浮躁，冬天的苍凉。秋天是成熟的季节，因成熟而少了浮躁，多了凝重。它如成熟女人般风姿绰约，比亭亭玉立的少女少了几分青涩。

秋天是淡雅的，青翠了一春一夏的叶，在不经意间变黄、变枯。秋风乍起，宛如一声叹息，眼见着装扮了一个夏天的绿叶，就这样在摇摇摆摆中飘落。走进秋天，你才发现这是一个稍纵即逝的季节，既成熟又善变，收获也意味着结束，成熟也意味着凋零。

昨天还在这个城市里喧闹的知了，一觉醒来，不见了。它那犹在耳畔的歇斯底里的音符，浑然间便跌落得无影无踪，无从寻找。

那折腾了一个夏天的云朵，也不知漂到哪里闹腾去了。万里长空，如一片蔚蓝色的大海，只有点点白帆在漫无边际的游荡。

生长了一年的、半年的农作物，包括那些叫不出名字的花儿草儿，在秋天空旷的衣襟下，宁静而安详地找到了归宿。“一夜绿荷霜剪破，赚他秋雨不成珠”，也就是在这成熟与归宿中，人们反而会有淡淡的哀愁。这种哀愁与其说是对春夏的怀念，倒不如说是对秋的眷恋。

如果让我用两个字来描述这个秋天，我只能用“萧瑟”来形容。特别是在夜深人静的时候，那树叶在秋风中发出沙沙的声响，偶尔传来蛐蛐凄切的低吟，于急促中透着悲凉。“秋色无远近，出门尽寒山”。不管是一望无际的原野，还是荒林野草间，秋色遍地。“万叶秋声里，千家落照时”。

最爱在蒙蒙秋雨中不疾不徐的漫步，享受着秋雨给我带来的清醒与宁静。“梧桐更兼细雨，到黄昏，点点滴滴”。那雨落在发梢上，顺着前额、脸颊流下来，滋润着经历了一夏的沧桑。再看那细细的雨丝，无声地落下，仿佛要滴穿那千年的寂寞。雨中漫步，没有时间的停滞，只有心灵的穿越。

在淅淅沥沥的秋雨中，我分明的看见，那梧桐的枯叶，在风中是如何的婆娑起舞，它用尽生命的最后气力，挣脱了一直滋养、呵护着它的枝干，比雨滴还轻，潇潇洒洒，悠悠然然，落了下来，无声无息。我也分明的看见，那枯了的落叶，就是梧桐的一个个孩子，在顷刻之间，脱离母体。

我在秋天的马路边徜徉，秋天的清爽包裹着我，一片白杨树的叶子，蝴蝶一般在我的眼前摇曳着身姿，静静地飘到人行道上。就是这不经意飘过的叶片，搅动了我的思绪，让我想起了远在千里之外的家……

此刻，我的脑海中想起了这样的诗句：“落红不是无情物，化作春泥更护花。”其实，岂止是“落红”呢？落叶也是如此。它在季节的感召下，飘逸而下，为的就是明年的铺天绿色。

2009 年 9 月 3 日

炊烟

我知道，炊烟，是属于游子的，怀恋炊烟的不仅是我一个人。每一个身在异乡的人，都会有这样的情怀。因为炊烟已经在他们的心灵深处，固化为故乡的一种图腾。

多少年了，以至对炊烟一词已经淡忘。但人是很古怪的动物，越是久远的事情，记忆越是深刻，就如炊烟。

记得是去年八月初，我们一行 20 多人到神农架考察，步出三峡机场，就上了神农架自然保护区专程派来接我们的大巴。车过宜昌不久，就是蜿蜒的盘山公路。我惊喜的发现，在满山的苍松翠柏之间，点缀着一座座民居。而就在这些民居的屋顶上，无一例外的萦绕着淡蓝色的缕缕炊烟。

炊烟是随风而动的，却又不时的静止着，清晰却又朦胧。此时此刻，我不禁想起了远在黄海边上的故乡，以及儿时常常看到的、从老屋烟囱里冒出的炊烟。此时对于炊烟的记忆，就如同平淡无奇的生活，在越来越朦胧的时候，却又越来越清晰。

从神农架回来，已经是一年多的事情了。但那定格于脑海深处的袅袅炊烟，却不时在我寂寞的时候，撩拨着我的心弦。以至多日来，炊烟二字，如影随形，挥之不去。此刻，我又回想起了炊烟。

窗外的广渠门内大街如一条宽阔的河流，车潮汹涌。也许就是在车潮的簇拥下，有一种味道从大厦的窗子里飘了进来。这味道分明不是炊烟，是楼下韩国烧烤“木槿苑”飘来的浑浊的肉香。这种香里没有炊烟的成分，但正是它又勾起我对炊烟的回忆。

回忆炊烟，我的鼻翼开始微微的扩张，嗅觉也开始灵敏起来。也许正是因为回忆炊烟的缘故，我下意识地闭上双眼，极力地在脑海深处搜索，让久违的味道自上而下，在我的周边弥漫、萦绕，搅动着我的思绪。

我想，炊烟也许天生就是属于女人的。她时而仪静体闲，腰若约素；时而娇嫩丰盈，风姿绰约；时而柔绕轻曼，妩媚纤弱；时而静若处子，弱骨纤形。所以，炊烟是美轮美奂的，婀娜并阴柔着。试想，当一个背井离乡的男人，在归途中看到了自家屋顶上的炊烟，他会有一种怎样的情愫？

我深信，小小的女子烧出的炊烟是涩涩并素素的，如她尚未启封的情感。这样的炊烟，如深一脚浅一脚蹒跚学步的孩子，断断续续，或浓或淡。也如一个崭新的生命，新奇并幼稚着。她只知道将炊烟送上蓝天，但却不知道炊烟的丰厚内涵。

此时，我的脑海里浮现出一缕淡淡的炊烟，从一间简陋的屋顶婀娜地升起，然后悠闲地踱步，然后散到了天空，无影无踪。难道这是小小的女子的思绪吗？小小女子是没有随着炊烟婀娜腾飞的思绪的。因为，她毕竟还是一个尚未成熟的女子，她也不知道飘逸的妩媚。

所以啊，此时的炊烟是没有愁绪的，仅仅是炊烟，仅仅是一种属于一日三餐的必须形态和过程。这样的炊烟，不执著，时断时续，时而夹杂着浓墨般的黑。可以想见，此时的女子的手脸，或者就正被烟熏着、呛着，并生发出急躁的愤怒与火气。

我敢断言，成熟的炊烟是由母亲亲手送上天空的。我也更加相信，炊烟原本就是成熟的女人。只有那样的炊烟，才会有历经沧桑后的理性。也只有这样的炊烟，才会让人仰望与欣赏，眷恋与礼赞，才会让人久久地注目与思考。

小时候，我们是不懂得炊烟的，也都不懂得欣赏炊烟。习以为常之后，就不觉得炊烟有什么特别。更主要的原因是，我们整天只知道和小伙伴疯玩，没有从远处看过炊烟，从远处分辨炊烟的流向。只是在饿急的时候，望一望家里屋顶的烟囱，来判断母亲是否在做饭。

知道欣赏炊烟，是在历尽沧桑，生活中已经没有炊烟的时候。这种情感是在经历一定的时间与空间发酵之后，由距离而生发的。恰恰，她的美也在于这种距离。没有距离，她未必美，甚至还让人厌烦——试想，偶尔的一阵或急或徐的贼风，会让炊烟从烟囱倒流而下，弥漫着小小的厨房。此时做饭的女人，肯定是流泪并咳嗽着。

此时此刻，我遥望窗外，北京的太阳已经被鳞次栉比的高楼埋没了，也就是所谓的“下山”。但天际仍然红着，这是雨过天晴之后的晚霞。红得很美，很厚实，很浓重。这个时候，我好像看到了母亲被灶膛映红的脸颊，也好像看见母亲正将一把一把的炊烟送上天空。

我想，在这个时候，原本是能够看到炊烟的。炊烟在绚丽的背景下也一定更加迷人，像母亲纤弱的身影和长发。但在千里之外的这座城市，我没敢看。我知道，即使看到了一缕炊烟，那也不是故乡的炊烟。

但我还是喜欢畅想，在畅想中聆听母亲的呼吸，然后雀跃着来到她的身边，用脏兮兮的手，接过母亲递给我的食物。此刻，我分明看到母亲慈祥的脸庞，闻到了她身上炊烟的味道。

冥冥中，有一首歌从天籁飘洒而下，甜美温柔得让人窒息。“又见炊烟升起，暮色罩大地，想问阵阵炊烟，你要去哪里。夕阳有诗情，黄昏有画意，诗情画意虽然美丽，我心中只有你……”这是绝代歌后邓丽君的《又见炊烟》。

我知道，炊烟，是属于游子的，怀恋炊烟的不仅是我一个人。每一个身在异乡的人，都会有这样的情怀。因为炊烟已经在他们的心灵深处，固化为故乡的一种图腾。怀恋炊烟，其实就是怀恋故乡，怀恋母亲带有淡淡炊烟味道的体味。

2009 年 10 月 13 日

雪之印象

南方的雪，如南方人爱喝的黄酒，那么温润，那么含蓄，那么浓酽，那么的耐人寻味。而北方的雪，则如北方的二锅头，那么劲道，那么浓烈，那么张扬，那么的刻骨铭心。

这个冬天真是地道得很，北半球几乎所有的国家都在下雪。大雪如天使手中曼舞的轻纱，飘洒悠然，覆盖了山脉，封冻了河流，点缀了城乡，染白了大地。大自然用鬼斧神工，雕琢出了雪花，这个季节的精灵。

雪花，玲珑剔透，冰清玉洁。或许是“橘生淮南则为橘，生于淮北则为枳”的缘故，雪，好像也是有灵性的。同样是雪，南方的雪和北方的雪，给人的感觉是不同的。如果用画来形容，南方的雪好比一幅淡淡的水墨，北方的雪则是一抹浓浓的油彩。

不仅如此，南方的雪和北方的雪的性格也是截然不同的，如南北方人的性格。南方的雪来临之前，仿佛是犹豫不决，琢磨再三，好像要酝酿一些情感。先是天空晦暗多日，待到路边的枯草树枝，湿得仿佛能滴下水来，然后它才姗姗来迟，三三两两、稀稀落落的飘洒起来。北方的雪则直截了当，风风火火，说来就来，来得往往使人措手不及，轰轰烈烈，铺天盖地。

有时，南方的雪也会突如其来。低沉的天空，看上去与即将下雨的天空没有什么不同。不经意间，一星儿洁白的絮状悬浮物，在你的眼前静静地飞舞；一片两片，渐渐地增多，它们汇集起来，浑然一体，弥漫于天地间，有“未成沉醉意先融”般婉约。而北方的雪，却是有如鹅毛，漫天而至，有“燕山雪花大如席”般的豪放。

南方的雪，小巧、柔弱，飘飘洒洒，无声地飞舞着。似蝶粉、如玉屑，又如柳絮般地纷纷扬扬，悠闲而欢快；当它飘到你的脸上，一股惬意的冰情，可传遍你的全身，使你在瞬间为之一振。而北方的雪，则显得粗犷、生硬，呼呼啦啦，和着风张狂地翻卷着，如钢、似铁，沙尘暴般铺天盖地，匆忙且暴躁，有时会打得你的脸生疼。

南方的雪，如南方人爱喝的黄酒，那么温润，那么含蓄，那么浓酽，那么的耐人寻味。而北方的雪，则如北方的二锅头，那么劲道，那么浓烈，那么张扬，那么的刻骨铭心。

南方的雪，更如南方的小家碧玉，娇气并阴柔，羞涩并收敛，来的时候慢舞轻舒，走的时候悄无声息，风也柔和，雪也细腻，显得温文尔雅。而北方的雪，则如北方的爷们，刚烈并直率，豪爽并耿直，来的时候轰轰烈烈，走的时候匆匆忙忙，风也刚劲，雪也有力，显得凶神恶煞。

南方雪的轻盈秀气，是北方的雪所不及的。任何一丝的风，都可使之随之起舞。它随风而起，随兴而致，它的目的很明确：与大地亲吻的一瞬间，便迅速地消失，化成了星星点点柔情似水的甘露。所以，在南方下雪的时候，人们是习惯打着伞的，因为南方的雪多半是飞着的是雪，落下的即为雨，雪落到身上也随即化了。

北方雪的大气豪爽，则是南方的雪所不及的。任你狂风呼号，任你艳阳高照，它如一床厚实的棉被，将北方的大地覆盖得严严实实，轻易不会融化。所以，当北方下雪的时候，是绝对没有人打伞的，因为当它落到你的身上，并不会那么快地融化，随时随地都可以把身上的雪弹得一干二净。

南方的雪，宛若上帝身边的天使，似乎只存在于天地间，存在于运动中。它为飞舞而生，为大地而亡。从生到亡，也许只有短短的几分钟，它的生命就结束了。然而从它生成的那一刻起，除了在空中飞舞，没有染指任何事物。它的生命是短暂的，却纯洁得令人心醉；北方的雪则不同，真可谓“山舞银蛇，原驰蜡象”，它如大地的宠儿，还经常纠缠着大地，赖在大地上不走。

落雪是有声音的，在雪花与大地轻吻的一刹那。而南北方雪花由于性格的不同，落地的声音也各有不同，这就需要你有一颗心如止水的禅心去凝听，去感悟。只要你心无杂念，你就可以在万籁俱寂中，听到南方的雪在与大地接触的瞬间，发出微弱的、窸窸窣窣泡沫破碎般的声音；而北方的雪，则会发出沙沙的、铿锵、玎玲的玉片撞击声。

我的故乡，在黄海之滨，介于鲁南与苏北之中，也介于南方与北方之间，这里，每年都会下那么一两次雪。这里雪的性格，真可谓集南北雪之性格的大成，既有婉约，也有豪放。但与南方和北方相同的是，每当下雪的时候，孩子们都会惊呼，下雪啦！大人们也都会喃喃地道，好长时间没下雪了。

雪是妩媚的，不管是南方人还是北方人，人们都喜欢雪，因为“瑞雪兆丰年”。《本草纲目》也早有记载，雪水能解毒，治瘟疫。除此以外，银色的世界可以使浮躁的心变得沉静。所以，每当下雪的时候，人们望着纷飞的雪花，都会在心里企盼着它下大些——有人为了一睹雪景，有人为了来年的收成。

2010 年 1 月 10 日

一本浸满博爱的“心灵鸡汤”

在这个“竞争意识”比“博爱意识”更为强烈的今天，《护生画集》所折射出的“仁爱”与“悲悯”，不啻于当下所有的“心灵鸡汤”。翻阅该书，就会有一股暖意自心底油然而生。

世上有许多极其简单的事，但要说得清楚却极难。一本“好书”的标准是什么？就是一例。《红楼梦》应该是经典吧？但胡适和俞平伯两位红学大家，都曾经为它算不算一流的作品，费过好些周折。《水浒传》是一本好书吧？可一代文宗戴名世却把它称作“杀人之书”，必欲焚之而后快。

而现在，出版物越来越多，真正能够称得上“书”的却越来越少，更谈不上什么“好书”了。受市场经济的影响，当下的一些畅销书，都是一些“竞争学”、“成功学”，字里行间充满着“不是你死，就是我死”的暗示。

那么，一本“好书”的标准究竟是什么？难道就是见仁见智？事实也非如此，那句“开卷有益”，就是冲着这个命题来的。那么“开卷有益”的标准又是什么？有的书“益智”，有的书“益心”，有的书“益身”，有的书就是求取功名利禄的“敲门砖”。这样分析下来，好像已有的“标准”又模糊了起来。

但如果我们站在“启蒙”的角度思考，这个模糊的标准就会渐次清晰起来。古往今来，我们将“读书”与“做人”联系在一起。读书，就是为了做人。所谓“知书达理”，其实也就是培养当下所说的“世界观、价值观、人生观”。国人读书，都怀着“修身、齐家、治国、平天下”的理想。“修身”亦即“做人”。

这样一来，一本“好书”和“开卷有益”的标准就明朗起来。正因为如此，在汗牛充栋、浩如烟海的图书典籍中，我认为，丰子恺的《护生画集》就是一本少有的“好书”。作为一位画家，他笔下每一个人物、每一个风景，都饱含着他看世界的一种眼光，饱含着他对生活的理解。

丰子恺先生一生最宏伟的绘画作品，便是六册《护生画集》，那是为他的恩师弘一法师李叔同的整寿辰而作。弘一法师 50 岁，丰子恺画 50 幅画，作为礼物送给他。60 岁画 60 幅，一直到 1980 年，弘一法师诞辰 100 周岁完毕。弘一法师曾为两册画本写过字，在有生之年，他也只见到过两册画集。而自弘一法师 62 岁圆寂后，到 1980 年在他 100 周年诞辰时，《护生画集》依旧出版发行。

而到 1980 年，丰子恺先生也已谢世 5 年，《护生画集》五六册，竟然是丰子恺先生在 1965 年和 1973 年提前完成的。这样一份厚重的寿礼，让读者感动的是，一位学生与恩师友情之真挚和情深意切的表达方式。而更为感动的是那些画的内容——每一幅画都是一个故事，每一个故事又蕴涵对人、对动物、对自然界一草一木博大宽厚的仁爱。

《护生画集》计 450 幅图，图边配以简练的诗文，有的反映对动物生命的爱惜与伤感，有的描述人与自然需要和谐相处的道理，有的描绘了和谐万物的人间美景，有的传递了佛学中常说的“因果”“报应”等信息。字里行间无不洋溢着仁爱与悲悯。

在一幅题为《暗杀》的简单黑白写意中，只见一人斜背长枪，手提一鸟，而弘一法师所配的诗是：“谁道群生性命微，一般骨肉一般皮；劝君莫打枝头鸟，子在巢中望母归。”

在一幅《烹鳝》的画中，只见大火上沸腾的汤水里，煎熬着一锅鳝鱼。蛇一样的鳝鱼挣扎着，头焦尾烂，肚子却形成一个弓形，高高地隆起。它们为什么要隆起肚子呢？旁边是弘一法师的文字：“学士周豫尝烹鳝，见有弯向上者，剖之，腹中皆有子，乃知曲身避汤者，护子故也，自后遂不复食鳝。”原来，为了无数个小生命，鳝鱼们宁可让自己最有感知的大脑、掌握生之平衡的尾巴先烧烂，也要让肚子里的小生命多活几分钟。

还有一幅写意，题为《已死的母熊》，只见画中一熊怀抱巨石，后面一持枪猎人正向熊走来。弘一法师在画旁写道：“猎人入山，以枪击母熊，中要害，端坐不倒。近视之，熊死，足抱巨石，石下溪中有小熊三，戏于水。所以死而不倒者，正恐石落伤其子也。猎人感动，遂终身不复猎。”这些画和文字，充满了自然界母爱的无私和伟大，以及丰子恺先生对“生命”二字的高度理解。

也有描绘人与自然需要和谐相处的画幅。在一幅《方长不折》的画中，一大一小两个孩子正要折取塘边的杨柳枝，被牵着孩子正路过这里的妇人制止了。边上的诗中写道：“道旁杨柳枝，青青不可攀，回看攀折处，伤痕如泪潸，古人爱生物，仁德至今传，草木未摇落，斧斤不入山。”

纵观全书，歌颂博爱和教人行善的画幅与文字俯拾皆是。但我最喜欢翻看的是一些反映和谐万物的画幅。如《燕子飞来枕上》，画中一年轻后生，侧躺于柳树下的竹榻上，聚精会神地品读手中的书，天上飞来两只燕子，一只轻轻落在枕边，悠闲自得，毫无畏惧。而配的诗则是：“燕子飞来枕上，不复见人畏避；只缘无恼害心，到处春风和气。”

在一幅题为《雀巢可俯而窥》的画中，只见一对母女推开两扇窗，而窗台下就是一个鸟窝，母亲手指着巢内的雏鸟对身边的女儿说着什么。而一旁的诗写道：“人不害物，物不惊扰；犹如明月，众星围绕。”

还有一幅题为《好鸟枝头亦朋友》，画中一读书人坐于青石边，泡一壶香茗，抬眼望着柳树上的小鸟，而小鸟也正在望着读书人。其情其境，过目难忘。而边上的诗写道："独坐谁相伴，春禽枝上鸣；天籁真且美，似梵土迦陵。"人与自然和谐相处的意境是那么的美妙。

从第四集后，反映佛学中常见的"因果""报应"的画幅和诗文就更多一些，这与丰子恺受弘一法师的深刻影响有关。记得在一部反映弘一法师的电影《一轮明月》中，弘一与菩提寺印光法师有这样一段对话："佛法如何救国救民？"印光法师道："因果之法，乃救国救民之急务。要让人知道：善有善报，恶有恶报。想拯救世道人心，必须从此入手。"

丰子恺（1898.11.9—1975.9.15），我国现代画家、散文家、美术教育家、音乐教育家和翻译家，是一位卓有成就的文艺大师，但作为漫画家的丰子恺，通过画笔留在人们心中的影响似乎更为深刻。

他受老师弘一法师的影响，用自己简练的笔墨，勾勒出人们向往的和谐生活，以及人与自然和谐相处中和平、善良、纯真与美好。他用画里简单的寓意告诉我们，自然界是"众生平等"的。一个人要想提高自身的修养，必须改变自己的心情和心境。

在这个"竞争意识"比"博爱意识"更为强烈的今天，《护生画集》所折射出的"仁爱"与"悲悯"，不啻于当下所有的"心灵鸡汤"。翻阅该书，就会有一股暖意自心底油然而生。而这股暖意就是"善"的滋生，就是对世间万物的博爱。而博爱，正是和谐社会的根基所在。

2011年2月15日

端午随想

每年四月底，这种不知从南方什么地方飞来的鸟儿，一夜间就飞到了家乡四周的芦苇塘边，站立于塘边的柳树或芦苇秆上，高叫“呱唧——呱唧——呱呱呱唧——呱呱唧啾”。

有一首儿歌：“五月五，是端阳。插艾叶，戴香囊。吃粽子，吃透糖。龙船下水喜洋洋。”而在现在的孩子们看来，艾叶、粽子似乎与他们无关。

少儿们的这种心境，与现代的生活方式有着极大的关系，他们不愁吃，不愁穿，唯一愁的是，玩的时间没有了。他们整天如蜗牛般背负沉重的书包，奔波于学校与家庭之间，除了吃饭就是学习，而放假对于他们来说，完成作业之后，就是玩，而这种景象与我小时候大不相同。

在我小时候，还是属于“吃不饱、穿不暖”的年代。那时候，我们整天盼望着过节，端午的来临，就是意味着早晨要吃粽子和煮鸡蛋，中午还会有红烧肉吃。而家长们也是倾其所有，把放在葫芦头里面的米倒出来，早晨包点粽子，中午在大米里掺和点其他粮食，做一顿米饭。

小时候的端午节，虽然过得很艰苦，但

那种快乐，是现在的孩子们所没有的。每到端午的前一天，我们就会约几个小伙伴，背着芦苇编成的篮子，到村庄周围的芦苇塘边打（方言，采的意思）芦苇叶，每打六七十张叶子就用自带的蒲草捆扎好。端午节前，少男少女们围着芦苇塘，打苇叶，说着悄悄话，还不时从沙沙的风吹苇叶声中传出银铃般的笑声，确实是一道诱人的乡村风景。

在打芦苇叶的时候，我们还会认真挑选那些叶片肥大并带有齿痕的芦苇叶。关于芦苇叶为什么会带齿痕，有多个版本。

一是说当年秦始皇造万里长城，孟姜女的丈夫万喜良死于修长城的工程之中，孟姜女从江南千里送寒衣一路走，一路哭，一路上咬着一片片芦苇叶，因为怕回来时再也找不到回家的路。当孟姜女哭倒长城后，带着丈夫的魂魄再回江南时，就是把芦苇叶上的牙印作为回家的路标。

一是说乾隆当年下江南，所乘之船途经我们老家的时候，正值端午，当地的官员就供奉了当地最好的粽子给乾隆皇帝，乾隆皇帝品尝了以后赞赏有加，但是觉得用芦苇叶包粽子很奇怪。官员解释说，用芦苇叶包粽子是当地自古就有的，绝对是一大特色，而且这芦苇叶天生味道非常香，用它包的粽子也会非常香美。于是乾隆爷很好奇，让人拿来芦苇叶，轻轻在叶子上咬了一口，感慨万千：原来这叶子果然很香！自此以后非常奇怪的是，我们那里的芦苇叶全都长着一个类似齿印的痕迹，老人们都说那是乾隆的牙印。

还有说相传太姒出嫁前在芦苇塘中沐浴，沐浴时苇叶撩她的脸，她用牙咬住苇叶，从此后芦苇叶中间便有一条浅浅的牙印……不管是哪个版本，总之人们在端午节包粽子时所用的芦苇叶，一定要用有牙印的芦苇叶，因为只有这样的芦苇叶包出的粽子才分外的香。

这些故事虽然都是传说，但奇怪的是，在我们那里的芦苇叶上，无一没有清晰的齿痕。

在端午打芦苇叶，虽说是和小伙伴们一边劳动一边玩，但毕竟是有了属于自己的时间。既然这段时间可以由自己支配，能打多少芦苇叶也就由自己说了算了。在打芦苇叶的同时，去芦苇塘掏鸟蛋就是再正常不过的了。

芦苇塘能有鸟蛋可掏？也许现在的孩子不相信，但我说的都是我亲身经历的。有一种鸟学名叫大苇莺，而我们则称之为呱呱唧，盐城响水一带的人称柴呱呱，这种鸟比麻雀略大，背部棕色，有褐色斑纹，眼睛上部有一条黄色眉纹，如现代女士的纹眉，腹部为灰白色，上嘴黑褐色，下嘴肉红色，腿色铅蓝。

每年四月底，这种不知从南方什么地方飞来的鸟儿，一夜间就飞到了家乡四周的芦苇塘边，站立于塘边的柳树或芦苇秆上，高叫“呱唧——呱唧——呱呱呱唧——呱呱唧啾”。

这种鸟对爱情的忠贞堪比鸳鸯，初抵繁殖地时，雄鸟为了赢得雌鸟的欢心，在芦苇或树枝间上下翻飞，放声高歌。待找到知己并交配后，双双于比较密集但很粗壮结实的芦苇中选址造巢，它们不停地从外面用嘴巴衔来柔软的干草，作为巢穴的基础，再用鸡毛等铺垫于巢底。等雌鸟产下三四枚蛋后，经十余天抱孵，雏鸟即破壳而出，幼鸟经二十余天哺育，羽翼逐步丰满，后随父母离巢生活。

雄鸟虽不抱孵，但自从南方飞来的第一天起，就为了追逐情侣，博取雌鸟的欢心而不停地唱歌，并在巢穴的苇秆上狂吟不已，从早到晚，很少间歇，真有泣血之感。

小时候的老家灌云，每年五到七月间，不管你走到什么地方，只要有芦苇的地方，每隔十几米，就有一只苇莺在忘情的歌唱，“呱呱唧啾”的鸣叫声此起彼伏，不绝于耳。

而也就在苇莺来到老家之时，还有一种鸟也如影随形，这种鸟学名叫杜鹃，又称布谷鸟。早在苇莺筑巢之时，杜鹃就经常到芦苇塘的上空活动，偷看苇莺筑巢。原来，杜鹃不会筑巢，也不会亲自育雏，而是把卵产在苇莺的巢穴里，由苇莺代为抱孵和养育。

行文至此，我忽然想到了诗经：“关关雎鸠，在河之洲”。按照古人的解释，《毛传》关关：“和声也。”雎鸠：鱼鹰。牛运震曰：“只‘关关’二字，分明写出两鸠来。先声后地，有情。若作‘河洲雎鸠，其鸣关关'，意味便短。"

也许，这些学识渊博的古人没有到过芦苇塘边，即使到过，也不是在端午节前后，如果他们真的也和我一样，在端午节前后来到芦苇塘边，我断想他们就不会得出上面的见解。

你听，那些苇莺口中鸣唱的声音，不就是——"呱呱唧啾"？而"呱呱唧啾"，不就是《诗经》中的"关关雎鸠"的谐音吗？所以我认为，在《诗经》中，"关关雎鸠"一词就是来描述苇莺的叫声的，别无他意。

由此我又想到了小时候打芦苇叶的情景：一群天真烂漫的少男少女，背着篮子，在芦苇塘边打着芦苇叶，耳边听着苇莺"呱呱唧啾"嘹亮的歌声，而在这静谧的绿色世界里，正是走向青春期的少男少女谈情说爱的时候。其实，这就是"关关雎鸠，在河之洲。窈窕淑女，君子好逑"的生动写照。

可惜的是，"关关雎鸠，在河之洲。窈窕淑女，君子好逑"的生活写照只能在童年的记忆里，而现在，老家原来的芦苇塘已经没有了，就连原来很宽阔的河道也变得狭窄起来。改革开放后，农村的河道多年不修，芦苇没有了，更没有了苇莺的叫声。

2011 年 5 月 28 日

怀念“八碗八碟”

从“八碗八碟”，即可知道淳朴的民风和饮食文化，因为这里处于鲁南苏北，其菜系处于淮扬菜和鲁菜之间，既有淮扬菜的清纯，也有鲁菜的厚重，真可以说是集淮鲁菜系之大成。

老子说：“五色令人目盲；五音令人耳聋；五味令人口爽”，意即五种颜色让人眼花缭乱；五种音调让人听觉失灵；五种滋味让人口不辨味。老子就是老子，老人家几千年前说的话，直到现在人们还是奉若神灵，究其原因，是因为他的话“句句是真理”。

就拿饮食来说，改革开放后，人们的物质生活和精神生活得到了很大的提高，再也不为吃不饱饭发愁，而在社会交往中，只要是来了朋友，人们关心的不是吃什么，而是关心怎么吃，是吃家常菜？东北菜？还是湘菜、淮扬菜、杭帮菜、鲁菜、粤菜或川菜？似乎选择菜系比选择水煮鱼或青椒土豆丝这些具体的菜更为重要。

“五味令人口爽”，酸、甜、咸、辣、麻让人口不辨味，舌头麻木，老子的话一针见血。这就使我不禁想起了以前老家的“八碗八碟”。

现在说起“八碗八碟”，人们一般都认

为是山西平遥一道传统筵席佳肴，用料讲究，口味纯正。据说早在清代，当地的商贾望族，就设此宴招待官员贵宾。慈禧西逃路经平遥，知县就用“八碗八碟”等地方风味小吃招待。

其实，不仅是山西平遥，江苏灌云亦如此，特别是我们老家——杨集（原来的界圩）。1980年前，如果一个人能吃到“八碗八碟”，不是遇到红白喜事，就是谁家孩子满月，或子女订婚。能吃一顿纯正的“八碗八碟”是一种最高礼遇。那时候家里做事，亲戚朋友分上席、二席、三席、四席围坐在八仙桌边，看着桌上八大碗八大碟，想不流口水都难。

老家乡间的八碗八碟，不仅讲究色香味，其荤素搭配也有讲究，而这些菜都是庄上的巧手媳妇做的，不甜不咸，不油不腻，风味独特，非常上口，比现在乡间做红白喜事请来的厨子做的菜不知要好吃多少倍。但可惜的是，现在的人都想省事。家里遇到红白喜事，一个电话，说好“包桌”的价格，厨子、菜、锅灶、餐具、桌椅都有了，排场倒是不小，钱也没少花，但那个菜的质量和口味，就完全靠厨师的良心和手艺，“地方特色”就更谈不上了。

老家过去的“八碗八碟”是十分的讲究，这个讲究首先是从选料开始的。“八碗八碟”首先讲究的是“八荤八素”，哪怕是再穷的人家，即使借钱也要讲究用料。害怕在菜的选料上被亲戚朋友说三道四，这也说明了灌云这一介于吴文化和鲁文化之间的百姓的淳朴。

“八碗八碟”的时代也是物质匮乏的年代，虽然已是几十年前的事情了，但一直记忆犹新。

先说那“八碟”。“八碟”属于冷盘，讲究 “四素四荤”首先是红萝卜。我们老家有“没有萝卜不成席”之说，再就是糖蒜、咸鸭蛋、芫荽等。为什么说“没有萝卜不成席”呢？因为红萝卜是“天下第一菜”，关于“第一菜”的来历，有这样一个故事。

清朝乾隆皇帝南巡至苏北时，偶到一处青砖瓦房，只见门上横匾写着“天下第一家”。乾隆心想，好大的口气，想问个究竟。刚进第一道门，见到一位150岁的老人；进到第二道门，见到一位120

岁的老人；进到第三道门，见到一位 90 岁的老人；进到第四道门，见到一位 75 岁的老人。奇怪的是，这些人都不是当家人，当家人是一位 10 岁的少年。乾隆问：“何为天下第一家？”小孩回答：“我家五代同堂，代代高寿，可谓天下第一。”乾隆点头称是。

乾隆回宫后，心血来潮，写了一道圣旨，还赐予一个小萝卜，叫天下第一家全家，人人吃到，人人吃饱。这一难题，吓得全家人张口结舌，只见小当家的跑过来说：“这好办，来人，把萝卜放到大缸里，捣烂，用温水搅拌，大家喝。”黄衣使者回京交旨，乾隆十分佩服，“天下第一家”做天下第一菜，不愧是个好当家的。从此，红萝卜就上了灌云酒宴的首席位置。

还说那冷盘中的“四素”——红萝卜、糖蒜、芫荽、煮花生等。一般是糖醋红萝卜，将红萝卜连皮带肉切片（不要芯），然后在萝卜皮上打上花刀，或放糖醋，或直接放酱油腌制即可装盘；糖蒜去衣，剥去蒜衣码在盘中；芫荽洗净，开水烫一下起锅切碎，加入酱油麻油即可装盘；煮花生就不用说了，盐水煮开即可。

再说那冷盘中的“四荤”，这四个荤菜一般是猪肝、猪耳朵、猪口条（舌头）、咸鸭蛋。猪肝、猪耳朵、口条一般都是煮熟后切片（猪耳朵切丝），加麻油、酱油、蒜泥装盘，咸鸭蛋洗净，每个蛋切成八瓣或六瓣装盘。

这八个冷盘，不管是从视觉效果、口感还是营养上，绝对是哑巴见到他妈——没话说。一些巧手的媳妇将萝卜、鸭蛋、糖蒜、猪肝等摆成一碟碟菊花或牡丹“花”，煞是好看，真的使人不忍下箸。

再说那“八碗”，这“八大碗”也是很有讲究的，同样是“四素四荤”。

“四素”一般是扣饭、烧猪皮、大煮干丝、煮鸡蛋（也有人家是杂烩菜或青菜、白菜烧牛肉）。

第一道素菜其实就是饭，叫做扣饭。扣饭的做法很精致，现在估计在灌云一带已经失传。其做法是将米饭在微咸并已调制过的鸡汤中浸泡后捞出，在大汤碗的四壁贴上切片并用刀拍扁的熟鸡肉，将鸡汤浸泡过的米饭装在汤碗里，然后再平装一碗鸡汤浸泡过的米饭，并将后来的米饭连同碗反扣在有鸡肉的那碗上面，然后上蒸笼蒸好，上桌时将有鸡肉的那个碗底朝上，拿开碗，只见一片片鸡肉下，是金黄色、香喷喷、冒着热气的鸡汤米饭。不禁使人食欲大振。

第二道素菜便是青菜或大白菜烧膘，这烧膘的制作工艺挺讲究，就是将剔下来的猪皮煮透，晾干后放在油锅里炸，炸好的肉皮颜色金黄，每次吃之前用凉水泡发，泡出来的猪皮就像海绵一样，色泽金黄，并且有丰富的孔洞。这道菜一般都是用鸡汤烧，那些孔洞可以把调味料完全吸附，所以味道特别好，口感也极佳。

第三道素菜是“大煮干丝”，乃淮扬名菜，又称“鸡汁煮干丝”，风味之美，历来被推为席上美馔。据说，清代乾隆皇帝六下江南，扬州地方官员曾呈上“九丝汤”以“宠媚乾隆”。“九丝汤”系用干丝外加火腿丝、笋丝、银鱼丝、木耳丝、口蘑丝、紫菜丝、蛋皮丝、鸡丝烹调而成，吃起来爽口开胃，异常珍美，令人食之不厌。

第四道素菜花样比较多，有的人家就是煮鸡蛋，也就是糖水鸡蛋。鸡蛋煮好后去壳，再用冷水煮开加糖即可上桌，既可喝糖水，也可吃鸡蛋。也有的人家是杂烩菜，“杂烩”，顾名思义，即是用几种原料混合烹烩而成的菜肴，其制作历史悠久，传闻亦颇多。还有的人家是青菜、白菜烧牛肉。这杂烩菜和菜烧牛肉，介于素菜和荤菜之间。

“四荤”一般是红烧鸡块、油炸丸子（狮子头）、红烧肉、红烧鱼，其做法等不再赘言。

这“八碗八碟”在上菜时也特别讲究，在八个冷盘的—— 红萝卜、糖蒜、芫荽、煮花生、猪肝、猪耳朵、猪口条（舌头）、咸鸭蛋中，上席面前必须放红萝卜，然后按一荤一素搭配开来。如果上席的客人不动筷子吃红萝卜，其他人是坚决不能动的，如果其他人先吃萝卜，就是对上席客人的冒犯。一般懂规矩的上席客人在喝下“门杯酒”（第一杯）后，就用筷子将萝卜挑一下，并说：“来，动动（方言，大家动筷子吃的意思）。”

在酒席开始前上菜时，一般都是“八碟”（即八个冷盘）一起上，而“八碗”（八个热菜）中的“四素”上菜方法则是一碗一碗地上，从扣饭、烧猪皮、大煮干丝、煮鸡蛋等一个一个上菜，等到上“四荤”时又是一起上，红烧鸡块、油炸丸子（狮子头）、红烧肉、红烧鱼一起端出，此时，席上的人也就离“酒足饭饱”不远了。唯一还可以热闹的就是在鱼头的朝向上各执一词，相互“找酒”。

从老家的“八碗八碟”即可知道家乡人淳朴的民风和饮食文化，因为这里处于鲁南苏北，其菜系处于淮扬菜和鲁菜之间，既有淮扬菜的清纯，也有鲁菜的厚重，真可以说是集淮鲁菜系之大成。可惜的是，改革开放后，人们的物质生活得到了极大提高，“八碗八碟”也随之淡出人们的视野。

现在，老家的很多人也和我一样，在改革的大潮中随波逐浪，湘菜、川菜、杭帮菜、粤菜、东北菜已使味蕾早已麻木，但一旦想起老家过去的“八碗八碟”，难免又会流起口水，因为那毕竟是我和很多人童年最为美好的记忆。

2011 年 6 月 13 日

让孩子走进自然

孩子是世界的未来，如果孩子们对自然没有了兴趣，我们就有理由这样担心：一个从小对自然失去敏感的人，长大之后怎么会关心地球环境和人类命运？

人为什么要读书？这个问题的答案取决于你问的是谁。一代伟人周恩来说，为中华之崛起而读书；温家宝总理在2009年世界读书日说，书籍是人类智慧的结晶。读书决定一个人的修养和境界，关系一个民族的素质和力量，影响一个国家的前途和命运。一个不读书的人、一个不读书的民族，是没有希望的。

那么，读书能获得什么？答案也不尽相同。最功利的说法就是“黄金屋”和“颜如玉”。而美国哲学家、教育家杜威认为，读书是一种真理的探险；法国作家法朗士说，读书是灵魂的壮游；我国宋代文人黄庭坚说：“人不读书，则尘俗生其间，照镜则面目可憎，对人则语言无味。”

抛开“大道理”和“功利心”不谈，读什么样的书才能使我们完成“真理的探险”、“灵魂的壮游”和不至于“面目可憎”？那就要看这本书的内容有没有“人文情怀”。

说得直白一些，也就是对人的关怀。

如果按照这个尺度来衡量，美国作家詹妮弗·沃德撰写、自然之友翻译、中国环境科学出版社出版的《我爱泥巴——一年四季52个亲子趣味绿色周末》（2011年5月第一版）一书，不仅满足和达到以上的要求，还切中了当下教育方式的时弊。

现在，有很多孩子都被学校的作业和家长的作业无情地关在屋里，“望子成龙望女成凤”、“不能输在起跑线上”、“分数第一”已经成为压在孩子们头上的“三座大山”。这种现象使很多孩子远离自然甚至害怕走进自然，美国作家理查德·洛夫称之为“大自然缺失症”。

患“大自然缺失症”的特征就是孩子们自然知识贫乏，他们大部分时间是在有空调暖气的房间里度过，电脑、电视是他们最喜欢的“玩具”。随之而来的是一系列令人担忧的症状，包括肥胖、注意力紊乱、孤独、抑郁、愤怒、感觉统和失调等。

而《我爱泥巴——一年四季52个亲子趣味绿色周末》一书，从春、夏、秋、冬的四个季节52个周末入手，教育家长要带着孩子们走出家庭，走进自然，从而发现自然的神奇和伟大，在娱乐中完成对自然的认识和心灵的洗礼。

现在，走进自然，体验自然，修复孩子们与自然界之间断裂的纽带，已经成为比知识教育更为重要的环境教育。孩子们怎样面对自然，将会决定我们的家庭、城市乃至社会的未来。《我爱泥巴——一年四季52个亲子趣味绿色周末》一书，给读者带来了一次难以忘怀的“真理探险”。

植物为什么在春天发芽？自然界为什么会有这么多颜色？有没有不长耳朵的动物？花大姐（瓢虫）都是女孩吗？种子从哪里来？《我爱泥巴——一年四季52个亲子趣味绿色周末》一书中提出的问题，充满童趣，发人深省。而如果只是在课堂上回答这些问题，肯定会枯燥得索然无味，不仅教授者没有灵感，学习者也没有兴趣，这就需要我们走进自然。

孩子是世界的未来，如果孩子们对自然没有了兴趣，我们就有理由这样担心：一个从小对自然失去敏感的人，长大之后怎么会关心地球环境和人类命运？虽然人与自然的危机已经到了危险的地步，绿色文明的曙光也清晰可见，但如果我们不带着孩子走进自然，救治“自然缺失症”的“患者”，重建孩子与自然的联系，那就可以想见我们的未来是多么的糟糕。

带领孩子走进自然，体验自然，已经是国际社会的共识。芬兰就倡导把原本大量花在课堂上的时间转移到自然环境或周围的社区上来，他们认为，学习的核心，不在于学习来自外部的已经加工过的信息，而是在于孩子和环境之间的互动。欧洲国家由环境教育组织发起的“校园栖息地”运动，将旧式的学校翻新改造为名副其实的生态学校，可以让学生“在景观中学习”。而“美国个人户外成长组织”的项目，强调个人在野外经历和挑战中的成长，其基本理念就是让学生在真实的自然世界里学习，以自然为课堂，以自然为师。而这样的学习，对于孩子们来说，无异于一次“灵魂的壮游”。

黄庭坚说，人若不读书，就会“面目可憎”。不读书就会“面目可憎”吗？这是一个两难的选择题，但的确有一些现象值得我们去思考。

现在，有很多城市人一到周末就会向郊外开拔，登山、野营、穿越、农家乐等不一而足。他们领略了挑战体能和挑战自然的快乐，也同时给自然留下一块块“伤痕”。他们虽被蓝天白云、山石树木所包围，心却没有与周围的环境相通。他们耳朵里塞着耳机，听不见周围的鸟叫虫鸣。他们人虽在自然中，但却似乎并不在乎周围的环境和生命。“自然”在他们眼中，可能只是“自我”征服的另一个目标而已。

有人说，孩子是家长的影子，比较负面的表达则是“孩子的问题都是家长的问题”。可见言传身教对于孩子的影响是多么的重要。当家长不愿意接触自然，整日与电脑、电视为伴，孩子也不太可能爱上自然。当家长告诉孩子“土壤是脏的，有细菌”，孩子就不会去玩泥巴，也就见不到蚯蚓，发现不了土壤里的秘密；当家长说“树林有虫子，很危险”，孩子就会见到昆虫就喊“妈妈”，吓得要命。这样下来，孩子就觉得在家里玩是理所应当的。没有亲近自然这个习惯的孩子，虽然不会“面目可憎”，但起码会在生活习性上“与世隔绝”。

一本好书必定有其不朽的品质。正因为如此，我完全有理由并且自豪地说，在当下琳琅满目的图书市场，能够让孩子和家长一起学习的图书，还真的不多见。而《我爱泥巴——一年四季 52 个亲子趣味绿色周末》一书，正是适合家长和孩子一起看和一起体验的一本好书，它能给我们带来遐想和乐趣，智慧和力量；能增长知识，开阔眼界；能明白事理，增强能力；能陶冶性情，滋生善意。

2012 年 2 月

童年的“趿嗒板”

工业化的到来、塑料拖鞋、真皮拖鞋随之而来，环境也随之恶化，就连趿板子“呱嗒呱嗒”独具韵律的走路声，也只能是在梦里倾听了。

2010年6月，本人采访了因拍摄“垃圾围城”而闻名的国内著名摄影师王久良，所写文章的题目就是《用良心观察垃圾》。

久良是山东潍坊人，他拍摄的“垃圾”，不是一些人想象中的工业垃圾，而是我们每个人每天信手扔掉的“生活必需品”，然后被城里的垃圾清运车拉出城市，到垃圾场一倒了之。

他去过北京400多个垃圾场，跑了3万多公里，整天对着垃圾拍照、摄像。据说，为了完成《超级市场》这个作品，他在垃圾堆捡了近10万双拖鞋，有的还是崭新的，包着塑料膜，印着大饭店的名字。

一次性生活用品的泛滥使用，使城市承受着不堪忍受之重。就如宾馆饭店里的一次性拖鞋，每天要消耗多少？到2008年末，全国仅星级饭店就达14099家，拥有159.14万间客房，哪怕这些星级饭店客房的入住率只有50%，一次性拖鞋的使用量也是一个惊人的数字。这就不由使我想起了童年时的靸板子。

靸板子一词，是我们老家的方言（连云港市灌云县及周边），又被人们称之为“靸嗒板”，按照现在的话说，就是木拖鞋。到了夏季，男人们穿着短裤，光着上身，穿着靸板子，在屋里屋外村头巷尾走来走去，好不惬意！

记忆中，每到夏天来临，哥哥就会在床底下翻出一双靸板子，用水洗去一个冬天落上的浮尘，然后穿在脚上，在地上走来走去。那鞋底接触地面和脚后跟的声音，很有节奏——“呱嗒——呱嗒——呱嗒——”也许，“靸嗒板”这个名字，就是与靸鞋敲击地面的声音有关联。

在 20 世纪 70 年代，靸板子可是年轻人的时尚，不仅我的哥哥有，邻家哥哥也有。夏天来临，一个热爱时尚的小伙子在家里如果没有一双像样的靸板子，那会是一件很丢面子的事情。

在那个年代，人们是很少去城里买鞋子的。我们所穿的鞋子，都是由母亲千针万线纳出鞋底、缝出鞋帮后做出来的。所以，到了夏天，为了节约鞋子，没有靸板子的人一般都是光着脚，在被太阳烤得滚热的地面上走来走去。一个夏天下来，脚底脱几层皮是再自然不过的事情。

靸板子是用厚约两厘米的木板做成的，形如脚板，但要比脚板大一圈。记得小时候，看到别人穿着“靸嗒板”很眼馋，我就和邻家的小伙伴刘大全四处找木板，准备做一双属于自己的凉鞋。

制作靸板子的板材很有讲究，臭椿、楝树、桑树、榆树等质地比较硬的木板很容易开裂，最合适的板材是柳树，因为柳树板不仅易加工，且质地要比其他板材绵柔得多，也经得住水泡。

找到木板后，将自己的布鞋底靠在木板上，用铅笔照着布鞋底画一圈，一双靸板子的大致形状就跃然板上。

在板上画上鞋底印，只是制作靸板子的开始。余下来要做的事，就是用锯子锯掉“鞋底”四周多余的木板，用刨子将已经成型的木板两面及周边刨光滑，一双靸板子的鞋底就形成了。

接下来，就是将已经找好的、宽约一寸的帆布带子，按照脚面的高度确定长度，将两端用铁钉钉在木板鞋底前端，就这样，一双有模有样的靸板子就做好了。

穿着“靸嗒板”走路，可不像平常穿着布鞋走路。因为靸板子底部不能弯曲，所以走路双腿的姿势很“古典”。穿这种鞋的人走起路来，基本是两条腿的膝盖不打弯儿，也就是直着两条腿款款而行。

脚上穿着靸板子确实很舒服，但是绝对不敢撒丫子跑的。只要你稍微跑得快一点，“靸嗒板”就会从双脚上“飞走”，有时还会砸到自己的后背。如果你跑得太快，靸板子还会从前到后爆裂，一双“靸嗒板”就会在瞬间报废。

所以，凡是穿着“靸嗒板”的人，在开跑之前，一般都会将靸板子脱下来，或拎在手里，或别在裤腰，然后撒丫子狂奔。等跑完，再将“靸板子”穿上，很是方便。

靸板子由于是木板做成的，其透气性能自不用说。所以，夏天穿着这种鞋子，虽然脚板底的感觉很硬，但很凉快，更不会生脚气。如果穿脏了，就舀一瓢水冲冲，或直接走到水塘的码头边，将脚伸到水里“摆”一下。

穿靸板子的人，走起路来“呱嗒呱嗒”的响，尤其是走在石板或水泥地上，响声更大。记忆最深的是跟着大人到城里的澡堂里洗澡，澡堂里的池子外堆着一堆靸板子，这些靸板子好像都是机械做的，那么圆润和光滑，而且板子上都是上了桐油的。

这里的靸板子由于穿得时间长，有的底部前面已经磨得很薄。洗澡的人们脱去衣服，找一双适合自己脚大小的“靸嗒板”穿在脚上，走在澡堂的水泥地面上，木鞋底接触地面的声音在澡堂里回荡，清脆且空灵。

原来以为，靸板子是乡人的发明，后来才知道，这个不起眼的两块板子从“发明”到现在已有 5000 多年历史。1986 年，在宁波市区西北 24 公里处，距河姆渡遗址 8 公里的慈湖，发掘出土了器形完整的木拖鞋。

这种木拖鞋，也就是木屐。有古书记载“屐者，以木为之，而施两齿，可以践泥”。我们的先祖就是将靸板子下钉上或刻上“两齿”，在雨天行走的。木屐，又是木底鞋子的通称。《辞源》称，前后带齿的木板鞋鞋帮呈船形，木齿较高。

也有资料说，木屐始于晋文公。相传，晋文公重耳继位前曾经长期流亡，某次他在卫文公那里吃了闭门羹，前往齐国向齐桓公求助。途中，重耳染上风寒发高烧，昏迷中他说想喝一碗肉汤，可是随从们都身无分文。此时随行贤士介子推偷偷从自己腿上割下一块肉，然后煮了一碗肉汤。重耳喝了，风寒不治而愈。重耳后来获得齐桓公的支持，最终成为晋文公。

晋文公掌权后，随从们争相申报功绩，都加官晋爵了。唯有介子推很低调，“不言禄”，背上老母隐于绵山。后来晋文公终于想起了那碗救命的肉汤，于是上山去请介子推下来领受封赏。可是，介子推不肯下山。无奈之下，晋文公放火三面烧山，留出一面作为介子推的逃生通道。然而，介子推和他母亲，居然抱着一棵树活活被烧死。

为了纪念他，晋文公将烧死介子推的这一天钦定为“寒食节”，全国禁生烟火，第二天钦定为“清明节”。他还将烧死介子推的那棵树砍倒，亲手设计制作出一双木屐，这可能就是世界上第一双拖鞋。他经常望着木屐念叨：“足下，悲乎！”以后“足下”就成为了对朋友的敬称。

唐代大诗人李白也留下了“一双金齿屐，两足白如霜”诗句，诗中的“金齿屐”，也就是木屐。可以想象，当婀娜多姿的姑娘赤足穿着木拖鞋，从青石板上“呱嗒呱嗒”地走过来，那画面绝不亚于戴望舒笔下《雨巷》里打着油纸伞从小巷走过的丁香姑娘。

古代，先辈们穿着木屐在这片土地上劳作，好像一件非常遥远的事情。其实，木屐的绝迹，也就是近二三十年的事情。记得小时候，每到冬天的阴雨天，很多人的脚上都会穿上用芦苇花编织的“高木屐”。这种木屐的底部，就是在形如靸板子的底部加上前后两个高约两三寸的“木齿”，而穿“高木屐”的人，有的走路如同踩高跷一般，有的则迈着细碎的步子。

由靸板子写到木屐，还是出于对本文开头环境问题的思考。如果我们的先辈也整天沉迷于一次性用品当中，我们现在的环境会是什么样子？工业化的到来、塑料拖鞋、真皮拖鞋随之而来，环境也随之恶化，就连靸板子“呱嗒呱嗒”独具韵律的走路声，也只能是在梦里倾听了。

2012 年 4 月

让春联内容“绿”起来

春节，正是举家团圆的日子，把握好这个时机，利用对联来宣传环境保护理念，不失为搞好环境教育的一种良策。毕竟，对联在我国有着广泛的民间基础。

“浏阳某医院内出现‘生意兴隆’、‘开业大吉’等横幅，顿时无语了！”2月16日，网友“新岛”在浏阳每家每户论坛发帖，引发了不少网友“扔板砖”（2月17日《潇湘晨报》）。

医院也要“生意兴隆”，这确实让人心里不是滋味。医院生意好，必定病人多。医院的生意兴隆必然建立在病人的痛苦之上，必然预示着人民群众多生病。这是网友纷纷质疑的主因。

其实，“板砖”可以拍，但也需要理性分析。在市场经济环境下，医院也是要靠盈利才能生存的，没有病人，医院肯定倒闭。如果从这个角度来理解，“生意兴隆”也未尝不可。但不可思议的是，不少地方环保部门的春联也照样“生意兴隆通四海，财源茂盛达三江”。这就确实有点不应该了。

其实，以上现象的出现，逃脱不了这样一个现实，这就是我国楹联文化的没落。在我国，不同地域，不同民族，不同行业，甚至不同村落，都有自己与众不同的民俗，唯有贴春联，是最广泛、最普遍、最富有文化内涵，而且是最富有民族特色的一种民俗。所以，楹联是中华民族特有的精神财富，在世界上也是独一无二的。

所谓“楹联”，就是悬附于楹柱上的竖条形、木质、刻字装饰物。古建筑的厅堂，前后常有四根柱子，前两柱独立支撑上枋及出檐部分的房顶，俗称“檐柱”或“明柱”，在建筑学上称“楹”，因而悬附于其上的木联被称为“楹联”。

可能是汉代用以避邪的“桃印”、南北朝时期的“桃板”、隋唐时期的“桃符”的演化。公元 964 年春节，五代后蜀后主孟昶于蜀亡前一年的除夕，在桃符上自题“新年纳余庆，佳节号长春”挂于寝门，中国第一副楹联出此诞生。因此，楹联又叫“春联”。

春联是我国传统文化的一个重要载体，而关于春联的故事可谓车载斗量。例如，一户人家门口贴着“柳营春试马，虎帐夜谈兵”的春联，就知道这家姓周，因为这副对联内容说的是“周亚夫军细柳”的故事，而且是五代时晋王李克用写给大将周德威的。

对联，又叫对子。它言简意深，对仗工整，平仄协调，音调和谐。传统习惯是“仄起平落”，即上联末句尾字用仄声，下联末句尾字用平声。是一字一音的汉语语言独特的艺术形式。可以说，对联艺术是中华民族的文化瑰宝。

据说，苏东坡与黄庭坚在松树底下走棋。一阵风吹来，松果掉进棋盘。苏东坡得句曰：“松下围棋，松子每随棋子落”。黄庭坚对道：“柳边垂钓，柳丝常伴钓丝悬。”某日朱元璋与刘伯温下棋。朱出对曰：“天作棋盘星作子，日月争光。”刘伯温对道：“雷为战鼓电为旗，风云际会。”朱刘之对各合身份，用词绝妙。

春节贴对联自明太祖朱元璋始。梁章钜在《楹联丛话》中引用《簪云楼杂说》云：“春联之设，自明孝陵昉也。时太祖都金陵（1368—1398），于除夕忽传旨：公卿士庶家门上须加春联一副。太祖亲微行出观，以为笑乐。偶见一家独无之，询知为腌豕苗者，尚未倩耳。太祖为大书曰：‘双手劈开生死路，一刀割断是非根’，投笔径去。嗣太祖复出，不见悬挂，因问故。答云：知是御书，高悬中堂，燃香祝圣，为献岁之瑞。太祖大喜，赉银三十两，俾迁业焉。”由此可见，朱元璋采取行政命令，要求家家户户贴春联，对形成春节贴春联的风俗起到极大的推动作用。

至此后，过春节贴对联，已经成为中华民族根深蒂固的习俗。在以前，每到腊月二十三，家家户户将喜迎春节的日程安排得满满当当：二十三，祭灶神；二十四，写大字；二十五，扫尘土；二十六，准备肉（杀猪宰羊）；二十七，杀公鸡；二十八，把面发；二十九，蒸馒头；年三十，晚上守岁熬一宿。

这个“二十四，写大字”，指的就是买大红纸写对子。以前，因为识字的人很少，尤其能写对子的更是无几，必须早准备。早请先生把对子写好，那可是大事。对子写好了，主人也就放心了，到了大年三十再贴。

记得在我小的时候，有一个邻居，我们都称他为“李大爹”。“李大爹”无儿无女，只老夫妻俩过日子。那时会写对联的人比较少，加之老人又怕麻烦，有一年春节，老人买来红纸裁成对联，然后用刷锅把子蘸着墨汁在红纸上点上几个墨团，然后就当成对联贴在门上。

过去，各行各业的商店也会有自己不同的对联。例如理发店写的是“虽是毫末技艺，却是顶上功夫”，语义双关，意在赞誉技艺高超。而药店的对联是“神州到处有亲人，不论生地熟地；春风来时尽著花，但闻藿香木香”；医院的对联是“但愿世间人无病，哪怕柜上药生尘”，体现的理念是多么正确。

每年大年初一，我都会带着上小学的儿子看（或抄）各家各户的好对联。为此，儿子还专门购买了一本《声律启蒙》口袋书。通过近几年春节的观察，我发现了两个现象：一是农村的春联大多出自手写，而城里的春联大多是印刷品；二是城里对联的内容普遍单调，文化内涵肤浅，有的对联甚至驴唇不对马嘴。这种现象说明，城里识字的人多了，但对联文化却不如农村。

说及内容单调，大部分对联不是“财”，就是“福”，含“财”字的对联最高，几乎过半，不是“财源广进”就是“财运亨通”。也许这是时代的一个特征，人们把钱看得过重。

内容单调还与卖对联的有关，我看到的对联大都是印刷品。一个地区千家万户，都买商贩的对联，内容肯定是单调的，甚至是相同的。买的对联贴在你的门上，不一定“门当户对”，不一定符合你的口味。

而对联内涵肤浅，主因在于当下的一部分读书人，将“成功学”、“发财经”、“拍马术”等书籍视为至宝，而对对联等传统文化早就不屑一顾。在这部分人眼中，中华民族的传统文化就是糟粕，连“鸡肋”都不如。

其实，对联还是自撰自书为妙。过年期间，买几张红纸，按自己的喜好写几副对联，实在是一件不可多得的雅事。靠购买印刷品对联过年，我们的楹联文化必将走向末路。而通过活动鼓励和弘扬对联文化，对联文化将会迎来又一个春天。

笔者欣喜地看到，春节前，中国环境出版社工会组织了一个写春联活动。这个活动既弘扬了环境文化，也弘扬了传统文化。为此，笔者也积极“贡献”了四副与环保相关的春联：其一：“上联：经史子集讴生态，下联：诗词歌赋颂文明。横批：美丽中国”；其二：“上联：治污再现江河碧透，下联：除尘重还大气清新。横批：保护环境”；其三：“上联：生态美山青水秀，下联：环境好鸟语花香。横批：生态文明”；其四：“上联：神州齐奏环保曲，下联：大地遍开绿色花。横批：和谐社会”。这几副对联发到微博上，阅读量达数万人。

处于对当下环境文化的思考，2012 年 12 月 24 日，笔者在微博上写下了如下的内容：“文学的没落，可以说与环境污染同步。20 世纪 80 年代前，喜爱文学是青年人的必备素质。随着经济发展，污染加剧，文学也成为第一个走向没落的牺牲品。自生态文明写入十七大报告，十八大又将其纳入‘五位一体’，我们有理由呼吁环境文学，毕竟她是一种以唤起人类保护生态环境为根本宗旨与美学追求的文学。”这个观点得到了著名环保作家哲夫先生的认同。

对联，也属于文学的范畴。现代文学中的诗歌、散文、小说、戏剧，各国都有，唯有对联是中国特产。在大力倡导生态文明建设的今天，我们何不利用这个中国特有的文化来推进生态文明建设？

其实，对联文化走向困境的原因也如文学的没落一样。春节，正是举家团圆的日子，把握好这个时机，利用对联来宣传环境保护理念，不失为搞好环境教育的一种良策。

节能减排也好，环境保护也罢，对于一般公众而言，往往以为这就是一句口号。没有文化的浸润，环境保护很难深入人们的心灵。所以，我们在寻找如何加强环境文化建设的良方时，何不先让对联“绿”起来？通过组织活动，让环保对联走进千家万户。毕竟，对联在我国有着广泛的民间基础！

2013年3月5日

远去的嘞嘞

嘞嘞是祖祖辈辈口口相传下来的无字歌谣，只要会使唤牛的人都会打嘞嘞。功夫好的，一嗓子能喊两三分钟，婉转流畅。我经常是在嘹亮的嘞嘞声中入梦，又在嘞嘞声中醒来。

2003 年 5 月 17 日至 18 日，江苏省阜宁县举办了第四届牛歌比赛，来自全国 20 个省市的代表队精彩献唱。参加评奖的著名表演艺术家游本昌感慨地说：“牛歌真真切切原生态，唱响了中国农民‘好声音’。”看了这条新闻，使我感慨万千——现实，再一次演绎了从“下里巴人”到“阳春白雪”的角色转换。记忆，也将我带入了童年。

我出生在灌云，新闻中所说的牛歌，在苏北一带，其实就叫“打嘞嘞”。但说句实话，自从改革开放后，也就是 1980 年的农村土地包产到户，田间的嘞嘞声便越来越少，从我 1993 年离开老家到无锡工作，再到 2004 年离开无锡到北京闯荡，嘞嘞声便从此在我的耳畔彻底消失。

在我童年的时候，春耕春种，夏收夏种，秋收秋种，一年三季都可以听到那高亢嘹亮、抑扬顿挫、荡气回肠的嘞嘞声。农民在使用耕牛的时候不时地打着嘞嘞，既是给耕牛鼓劲解乏，也是为自己提振精神，并借此实现人与牛的情感交流。只要你是出生于那个年代，生长于那块土地上，那就可以这样说，每一个人都是听着嘞嘞声长大的。

在人民公社的年代，每个生产队都养着十几头牛，有的是黄牛，但大多数还是水牛。黄牛眼大有神，颈较粗壮，背腰平直，角形如笋，角根圆形，脾气温和，被毛以黄色为最多，亦可能因此而得名，但也有红棕色、黄底白花和黑色等；而水牛感官敏锐，皮厚，被毛短而稀疏，外形粗壮，角根长方形，角弯如弓。但不管黄牛水牛，似乎都听得懂农人唱的嘞嘞。

每当春天播种的季节来临，农民们就会从牛屋里牵出休整了一个冬天、膘肥体壮的耕牛来，在牛脖子上套上木制的、“人”字形的牛索头，而索头的两端，则是两根粗壮的、用苘（一种野麻）搓成的绳子，绳子的另一端就连接在犁、耙等农具上。只见使用耕牛的农民肩搭一丈余长的鞭子，左手持缰绳，右手握着犁把，一声吆喝，耕牛便不紧不慢地拉起农具走了起来，而农民则跟在牛的后面慢慢地踱步。当耕牛开始劳作时，嘞嘞声便从农民的口中响起：“喔喔——吔——啦啦——嗨嗨——嘞嘞——咿咿——呀——喔喔呀……”

夏秋天的农忙季节，嘞嘞声也可以听到，如夏天的麦收、打场，耕牛拉着耩子耩大豆；秋天打场、耕地、用犁抄山芋等，到处都可以听到农民使用耕牛咿咿呀呀的嘞嘞声。那声音时长、时短、时缓、时急。长如古调《南曲》，委婉悠长，一唱三叹（《南曲》是湖北地方小曲中一个古老的曲种，主要流传在长阳、五峰县境内，以资丘最盛）；短如八字《弹歌》，余音绕梁，不绝于耳[《吴越春秋（卷九）·勾践阴谋外传》中的一首原始劳动歌谣，仅“断竹，续竹；飞土，逐宍”8 个字，是中国古代最短的诗歌]。

记忆最深的嘞嘞，当数深秋。每当秋收后，大豆、玉米已经入库，棉花采摘完最后一茬，山芋也全部装到了地窖里，冬翻（就是深耕土地）也就真正地开始了。每当半夜醒来，空旷的夜空就会传来农民们赶着耕牛深耕土地的嘞嘞声。嘞嘞声响起后，还常常伴随着一声清脆的鞭子声。在那万籁俱静的夜空，嘞嘞声和鞭子声能传出很远。

不知是不是有什么乡规，在我的记忆中，女人是不能使用耕牛的。使唤耕牛，好像只是男人们的专利。所以，打嘞嘞也就成为男人们所独有。在农事中，只要涉及用牛干活，就必有嘞嘞声。嘞嘞没有固定的曲调，因人而异，但要想打好嘞嘞，就必须有一副好嗓子。会唱的人，嘞嘞声清脆嘹亮，抑扬顿挫；而不会唱的人，嘞嘞声别别扭扭，真可谓鬼哭狼嚎。

说到嘞嘞，就不得不说到耕牛，那时候，耕牛可是个宝贝。生产队里配有专职“牛倌”，人们都称之为“牛头”。别看不起这“牛头”，不是谁想当就能当上的。“牛头”必须性格好，有人缘，爱集体如家，爱牛如子。有时候，选“牛头”胜过选生产队长。记得当时，我的邻居刘三爷就在生产队做了多年的“牛头”。

在我的记忆中，那时牛的地位比人还高，待遇也好。为了照顾好耕牛，真可谓“夏有牛棚冬有舍，食有牛槽饮有缸”。为了让耕牛能在夏天乘凉，生产队专门为牛搭建了凉棚，还在牛屋内配备专供牛饮水的水缸。除此之外，还要为喜欢泡在水里的水牛挖“牛汪塘”。每到酷暑难耐时，“牛头”便将水牛牵到“牛汪塘”里，那黏糊糊的泥巴，在牛身上黏了厚厚的一层，牛尾巴一甩，泥浆能被甩出好远。这些泥巴黏在牛身上的好处是：苍蝇、牛虻便叮不到牛皮，吸不到牛血。

牛特别爱吃青饲料。在记忆中，春、夏、秋三季的牛吃的都是青草。当时，我们几个还没有成为生产队“劳动力”的小伙伴，放暑假或星期天时，就会背起腊柳或其他柳条编织的草篓子，带上镰刀，结伴到河边地头割草，将割来的青草背到生产队换工分。

记得当时是每五到八市斤青草就可以从“牛头”那里换取一个工分，而那时候的壮劳动力，一天也就是十个工分。只要我们想割，一天割的草可以换来十几个工分。割草往往会割伤自己的手指，直到现在，在我的左手食指上，还留下了几条长短不一的疤痕。而到了冬天和青黄不接的初春，牛一般都是吃豆秸和麦穰。牛吃这样的干饲料，生产队就要备足一定数量的精饲料，诸如稻头、黄豆、豆饼等，作为对耕牛的营养补贴。

每到冬天，生产队的牛屋里温暖如春，特别是冰天雪地的时候，男人们便纷纷来到牛屋，有的打扑克，有的下棋，有的讲故事，而老年人则围坐在火塘边上烤火取暖，只见他们脱光上身，或对着火塘张开双臂，或背对着火塘，边烤火边“咔吱咔吱”地蒯着痒痒……

嘞嘞是祖祖辈辈口口相传下来的无字歌谣。那时，只要会用牛耕田的人都会打嘞嘞，也就是本文开头所说的牛歌。功夫好又有音乐天赋的，一嗓子能喊两三分钟，且婉转流畅，珠圆玉润，三四里外都能听到。

童年时的生活非常的艰苦，正因为艰苦，才记忆犹新。那时，很少听到歌声，但我经常是晚间在嘹亮的嘞嘞声中入梦，清晨又在高亢的嘞嘞声中醒来。那种童话般的意境，只可意会，不可言传。如今，耕牛少了，嘞嘞声也几乎成了绝响。

2013 年 5 月 22 日

那一方水塘

我是深爱着这方水塘的，2003年夏天，我曾独自来到这个水塘边，写下了题为《那方芦苇围着的水塘》的文章，发表在连云港市的《苍梧晚报》副刊，表达我对那方水塘的怀念。

《论语》中说：“知者乐水，仁者乐山”。水，或碧波悠漾，回清倒影；或惊涛拍岸，流畅激越；总是，虚心低下，随遇而安。所以《老子》说：“上善若水”。我非“知者”，但我是真正的喜欢水。

我出生于灌云县五图河畔，在家门口，有一个长约100米、宽不到50米的水塘。水塘很深，我隐隐约约地记得，原来的水塘比较小，而在“人民公社”时期水塘的面积扩大了近一倍。当时，水塘南边有一片洼地，每逢夏季暴雨，这片洼地里的庄稼就会被淹。有一年冬天，生产队出动了所有劳动力，将当时还是很小的水塘里的水戽干，再车推筐抬，用水塘的底泥和塘边上的泥，垫起了那一大片洼地。自此后，不仅洼地里的庄稼不再受雨涝之灾，水塘也扩大了很多。

那一片水塘，正如南宋朱熹写的《读书偶感》所云：“半亩方塘一鉴开，天光云影共徘徊。”小时候，我们几个年纪相仿的小伙伴会结伴在里面洗澡。因方塘四周的浅滩处长满了芦苇，塘里的水特别的凉爽，塘边还长有几棵并不算高大的柳树，我经常坐在柳树下读书。所以每到夏天，这里也就成了大人小孩纳凉的好去处。

有时候，我们也经常结伴到塘边钓鱼。钓具很简单，将缝衣针的前端在煤油灯上烧红，然后用钳子折个弯，一只鱼钩就做好了。那时候，方塘里的鱼真的很多，我有时是十点来钟拿起鱼竿和脸盆去钓鱼，不到一个时辰，就可以钓五六条大鲫鱼。临近晌午，我便将钓起来的鱼在水边收拾干净，中午就可以品尝到新鲜美味的烧鲫鱼。

水塘里生活着各种各样的水生物，如田螺、小螺蛳，小鳊白、参鲦鱼、黄鳝、泥鳅、河虾等。除此以外，水塘中还生活着苇鹰等鸟类。记忆最深的当属水鸡。水鸡头及爪似鸡，黑色的羽毛，喙及面部为红色。水鸡会发出“唧……唧……”的叫声，每到繁殖季节，就可见到一只母水鸡带着一群小水鸡在水塘里游荡。水鸡的胆子特别小，稍有响动即潜入水中，或飞到对岸隐蔽。

随着年龄的增长和离开家乡越来越远，那个水塘就经常浮现在我的梦里。我常常梦见几个小伙伴在水塘的芦苇丛中打芦苇叶，或是游到水塘中间采摘菱角，或是梦见自己一个人独坐塘边，望着那波光粼粼的水面发呆，或是梦见住在水塘边上的邻居，在水塘边洗菜洗衣……

可就在前几年，一座稻米加工厂被招商引资在我的老家。当时正在建设，我还专门到正在建设的稻米加工厂后面，看望了我原来的邻居刘三奶奶，也就在那一次，我还特意去看了看那片水塘。水塘还是那么大，周围密密匝匝地长着芦苇。

再后来，稻米加工厂投产，老家不少年轻人到这里上班。我的哥哥也在米厂上班，他是米厂的司炉工。有一次放假，我来到米厂去看望哥哥，发现米厂的规模越来越大。哥哥说，那片水塘被填平了，就连原来砚弯庄东头的土地老爷庙也被平掉了。听到这里，我不禁黯然神伤。水塘被填平了，那么多水生植物与生物的生命就此终结。

我是深爱着这个水塘的，2003 年夏天，我曾经独自来到这个水塘边，感受水塘的水声水色，也就在那天晚上，我写下了题为《那方芦苇围着的水塘》的文章，发表在连云港市的《苍梧晚报》副刊。现在，我又将这篇文章重新找出来，不是为了别的，只是为了表达我对那方水塘的怀念。

那方芦苇围着的水塘

这是秋日，沿着梦的指向，穿越历经沧桑的一片片农田，踩过那条生我养我但已不复存在的村庄的废墟，前面就是令我魂牵梦萦的那方水塘了。

水塘不大，约十几亩水面，呈长方形，不知是父辈还是祖辈开挖的，很深，就在我原来的家门口，这是我儿时经常嬉戏的绝佳处。

能够走进水塘看水的码头原来有三个，分别是我家和孔、刘两家的。而现在，只有一个，条石铺就的，苔痕沥沥，平缓地伸向水塘深处。而其他地方，密密匝匝的芦苇如同手挽着手的将士，把这一方水塘围护得如同深宫里的皇家处女。

没有一丝风，方塘的水面柔滑，光洁如翡翠，完全一副帷幔中沉睡的少女，那份静啊，只有梦中所见的最娴雅纤柔的女孩才有，水气缱绻的塘面不就是她含情脉脉的眸子吗？那秋水般的眸子审视着我这位似曾相识的远方来客。还记得我吗？三十年前一个又黑又瘦的顽童？水塘无语，但我的心旌却禁不住摇荡起来，就是这里，就是这里啊！你伴我儿时多少快乐时光！

几缕斜阳从芦苇间透漏下来，缥缈地斜斜而下，直刺水面，并在水里折了个弯，然后直刺我的眼底。有一种来自天籁深处的音乐，仿仿佛佛，飘飘洒洒，将我团团围困。我坐在伸向水塘深处的码头之上，塘水如镜般地在我眼前铺展开来，此时的感觉，就如同被母亲挽坐于臂膀中一般。半眯双眼，真想由此深深睡去。

此时此刻，儿时与小伙伴们在芦苇丛中掏鸟窝的情景历历在目。微风乍过，水塘四周的芦苇发出摩肩接踵的“沙沙”声，一片苇叶被拥挤得打着旋儿，飘飘洒洒，静静地落在我凝视的水面上。水面有纹了，一圈圈扩展开来，然后又不知不觉地消失了。只有那叶芦苇，如一叶小舟，静静地停泊在那里，一粒水珠玲珑剔透地飘在苇叶的一端，如同一个顽皮的孩童眯一只眼睛注视着我。

风声开始大了起来，水面便鱼鳞般地皱满了细纹，荡开去，又被岸边芦苇摇动的涟漪弹了回来，交织着，如烟弥漫。此时，我便如同听到了母亲的眠歌，温馨而苍茫。于是，我生命初始的声音轰鸣而来——困难时期出生的那天夜里，当我如报晓的雄鸡给父母带来第一声啼哭，已有一个姐姐一个哥哥的我，带给父母的是欢喜还是无奈？而今父母已经远去，如同这塘面上的一阵柔风，只留下我一个人静静沉思。

芦苇挨挨挤挤，在风中摇曳，“沙沙”的摩擦声直透心底，一株弯折的芦苇挂在水面上，毫无目的地画着圆弧。“人不过是一株芦苇，自然界中最脆弱的东西”。法国作家帕斯尔卡的声音很缥缈地在我的耳边响起，振聋发聩。不过他又说：“可是，人是会思想的芦苇。”这便是了，这便是人的崇高之处，生命便由此生生不息而变得可敬可爱了。

不经意间，一只不知名的鸟儿飞入了我的视线，它站在芦苇秆上，正金鸡独立，另一只脚半拧着，一副悠闲自得的样子，似乎也从遥远的地方飞来，在欣赏着留在生命初始阶段的水声水色，倾听生命中最原始的声音。它的目光凝视水面，好像要望穿秋水。这只鸟是不是在这苇丛中破壳而出？然后远走高飞，去寻求更广阔的天空？

它让我想起自己，在经历了大风大雨之后，把一切烦嚣都抛于脑后，在这秋高气爽的下午，回到故乡，坐在水之湄、苇之间，独享这水的宁静。这一刻，我便如同这只悠然的鸟。但我知道，我终究要像这只鸟一样，要飞出去的。

“啪啪啪啪……”鸟儿真的振翅高飞而去，它在水塘上打了一个漂亮的回旋，翅膀掠过水面，带起一串缤纷的水珠，箭一般直刺云天。

我知道，那便是我……

2013年5月17日

附　录

文学的自信来自人生价值的自我定位①
——评周仕凭的散文集并以序

质、纯、灵、畅，是周仕凭散文的语言艺术特色。质之于他整个散文作品和对他人品的评价，也是恰当的。我觉得观其文、识其人，仕凭与我似乎有一脉相通。

丁芒

因为参与了无锡红豆集团发起的红豆诗词大赛初评与终评，得与红豆集团宣传部的朋友相结识。他们一个个都是诚挚纯朴、朝气蓬勃、志趣高雅、钟爱文学的好青年，与他们相处，自己也感到年轻起来。我就是在这种欣悦的心境下，认识周仕凭的。

我对仕凭有两个突出的印象，一是极度爱好文学，二是极度的自信。他每次来南京，无不谈到他对文学的深恋、渴求，想从与我的谈话中汲取一些有益启示，想与我保持长

① 该文为当代著名诗人、作家、文艺评论家丁芒先生为周仕凭文集《酒后的话》所写的序，该文集 2004 年 8 月由中国工人出版社出版。

期联系。这种真诚的谦虚，使我感动。后来我才知道他已经出版过一部长篇报告文学《殷殷红豆情》，并且不断在报刊上发表散文、杂文，还连连获奖。这说明他创作的频率很高，势头颇旺，说明真诚的虚怀，才导致他这番勤奋。据说他是自荐进入红豆集团的，他农民出身，也没有高学历，却语出惊人："不要工资干一个月，一个月出不了成绩立马走人！"这种掷地有声的承诺，来自他的自信。而自信则来自他对自己人生价值的定位，以及对实现价值的意志行为的自控力的把握。他从自己以往写作新闻通讯的简短经历，已经高度认识到勤奋二字（思维勤奋、写作勤奋）的能量。谦虚与自信这两种看似相背反的品格，便以如此严密的逻辑，融合在周仕凭的性格里。我很欣赏他这种性格、行为。

最近他托人民日报《大地》杂志的钱鹏飞同志捎来一部散文集稿，请我作序。我因年迈有病，医嘱减负，又值再度遭谤蒙难，心力交疲。但面对这么一颗蓬勃跃进的文学心灵，我义无反顾。我不能因为我一生吃苦都与文学有关，而否认文学的普遍社会价值，从而阻挠渴望着实践着通过文学实现自己人生价值的这一奋进的脚步。其实对周仕凭的散文，过去读得很少，这次利用春节闲暇比较集中地浏览了一下，对其人其文就有了更深的了解。

这是仕凭近五六年来发表的散文总集，他分编为《生活浅辙》和《横眉吃语》两辑。前辑多系个人生活经历的叙写，情感的抒发，后辑多系对客观社会现象的描述与评论。前者是内视，后者是外视。我一向认为散文是相对于韵文而言，当代即使把小说、报告、通讯、传记、童话、寓言乃至散文诗等析离开去，各自独立门户，散文的范围仍然很广。要勉强分类，我主张大体分为抒情散文、记事散文、议论散文三大类。其实这三类内容往往融于一体，不可分离，所以顶多各有侧重而已。而随笔、散记、笔记这些名目，都是面对这种情况，无可奈何的统而括之的命名。仕凭以内视式、外视式分辑，前辑多叙事、抒情，后辑多议论（主要是杂文），我觉得也就可以了，笼统谓之随笔、笔记文学，都无不可。

事冗体病，无法细析，仅就总体印象，略谈我极为欣赏并关注的几个艺术问题。

一、生命体验的真诚抒发：无论内视还是外视，其实每篇都是他自己的生命体验，无不贯注着他的世界观和人生观念，贯注着他的性格、志趣、情致、风格，角度不同而已，这是共同规律。仕凭的特色是：真实、鲜明、剀切、深透。阅读他的文章，就好像面对着他的眼睛和他摊开的心，好像一个正直的青年眉骨峥嵘地站在面前。这点不须多说，每个成功的作家、每篇优秀的作品，都应是如此。我们看到现在文坛上许多劣作、伪作、滥作、套作被炒得鸡毛也飞上天的时候，就不难看出：涉猎文学并不太久的这位年轻人，能写出如此思维深刻、个性凸显的作品，确实不是易事。这不能不说是周仕凭作品的立根之本，它也必然生发和决定他的种种艺术特色，无论是《那方芦苇围着的水塘》之清新绮丽，《为父之乐》之意兴缠绵，《他们端了谁家的饭碗》之横眉怒目，《八戒再回高老庄》之诙谐绝倒。虽然题材不同，风格各异，但连起来读，都可感到是周仕凭的：周仕凭的思维线路，周仕凭的写作风格，乃至他的语言习惯。我可以说，他的散文，已比较完美地体现了他“这一个”的“个性”。

二、颇富幽默机趣。幽默是一种特殊的文学审美境界和手法。运用幽默，往往能达到异乎寻常的审美效果。幽默又是一种特殊的智慧。这就因人而异，有些人（例如我）就怎么也幽默不起来。周仕凭为人质直，还带点沉郁，与我颇相近。读了他的文章我才知道，幽默机趣竟然是构成他“内秀”的一个重要方面，我大不如他。他的杂文，许多地方把幽默手法发挥得淋漓尽致，每使人不禁莞尔，不禁喷饭，掩卷默思，不得不一再吟味其主旨而深深赞叹。除了一般横眉怒目式地直面申斥外，还多面地展开对主题内容的揭示与讽刺。《沙和尚的遭遇》《孙悟空也想不明白》《八戒再回高老庄》构成一组，是把《西游记》中的三个性格典型，移位到当代社会，展开种种矛盾冲突以及他们自身在这种“新形势”下的性格发展。虽说是虚构，却事事切实、合理（符合人们已然习惯的社会规律），不由你不笑，也不由你不信、不喟然兴叹。这些文章的效果，固然比正面抨击来得有力，也比一般插科打诨式的幽默，来得深刻隽永，耐人咀嚼、寻味。写这样的小说式的幽默杂文所需要的文学功底，自然比一般短篇杂文要费力得多。仕凭能写到如此程度，也真是难为他了。

三、语言质、纯、灵、畅。周仕凭散文的语言艺术特色，我归结为四个字：质者，质直也，朴素也。见性见情，洞若观火。纯者，明自如话，纯净如水，没有雕饰斧凿痕，没有矫揉造作。灵者，语意到位，时见机趣，联想丰富，开合有致。畅者，口语化，顺势而下，无突兀阻塞感，无佶屈聱牙处，这种自然畅达的语法，易解易诵。我欣赏这种文风，正如我欣赏质、纯、灵、畅的人品一样。当然，他还精炼、提纯不够，但“质纯灵畅”是文学语言艺术的基本要求，“基本”并不是“初步”，许多人要经过种种磨砺精洗，才能掌握，不然也不会出现“文胜质则殆”、“天然去雕饰”、“返璞归真”种种经验之谈。周仕凭作为一名青年作家，语言艺术能达到这个地步，可见是下了工夫的。希望他坚持发扬下去，在不妨碍这种基本审美要求的基础上，再作提纯锻炼、精益求精的努力。

为人也是如此。老实、纯正、朴直、爽朗的人，虽然会受到欺虐凌辱，吃点眼前亏，终究会被人理解信赖和尊重；华而不实，八面玲珑、善拍会吹、“文武”双全之辈，虽然会得意、得利于一时而飞黄腾达，终究会被人识破，遭人唾弃。谓之“报应”，似涉迷信；谓之“天理”（人生的必然规律），有何不当？我这段文外的感悟，写在对周仕凭的语言艺术评述之后，固然是论其语言风格的联想，质之于他整个散文作品和他的人品的评价，也是恰当的。我觉得观其文、识其人，仕凭与我似乎有一脉相通。面临灾厄，有动于衷，就顺便说了这段话。仕凭于人生、于文学，如日之升，方兴未艾，老朽之言，无非为了励其节、壮其气、倡其文，亦不知仕凭以为然否。

2004年2月3日金陵苦丁斋

用汗水成就辉煌[①]

——评周仕凭的长篇报告文学集并以序

周仕凭是良禽择木而栖，投入“红豆”；红豆是慧眼识英雄，揽进了周仕凭。这段轶事虽然没有写进书本，但他却已经用饱满的笔墨写出了周耀庭不拘一格用人才的动人章节。

尹最良

提起红豆，心中立即就会有着一种诗韵、一种情韵。这固然是唐代大诗人王维给我们留下的一种永远的情结，但心中的那份韵律之浓，却又是周仕凭先生的这本 20 万字《殷殷红豆情》给我添加的。

红豆为什么这样红，红得好像燃烧的火？

20 世纪最后 20 年里，中华大地上发生了伟大的变革，乡镇企业的异军突起，跃升出了一颗璀璨的明星，这就是无锡红豆集团的老总周耀庭。农民—乡镇企业家—明星，虽然是短短的三部曲，但是要活灵灵地写出人物，浓酽酽地品出人生，深深地映出时代，

① 该文为作家、苏苑文丛主编尹最良先生为周仕凭的长篇报告文学《殷殷红豆情》所写的序，该书 2001 年 2 月由中国工人出版社出版。

殷殷地抒出真情，并非是易事。然而在周仕凭的笔下，周耀庭的形象却栩栩如生地跃然纸上，不仅仅写出了红豆为什么这样红，红得好像燃烧的火，写出了这位成功人物的发展史，而且在改革大潮的背景下，深刻地展示了以周耀庭、龚新度、蒋国才、蒋锡高、周海江、周鸣江、陈坚刚等为代表的，以及一大批打工妹和优秀代理商这样一个改革群体的精神面貌和他们的内心世界，这是非常难能可贵的。也许，这该算是我们通常谓之的作品的深度与广度吧！

周仕凭今年不过37岁，江苏省灌云县人，从小务农，种过田、卖过菜，高中毕业后，自学电大，曾经在乡里的新闻报道组当过通讯员，应该说是地地道道的农民出身。也许，正因为这样，在他的笔下，对乡镇企业、农民企业家才有着如此遒劲的刻画；对农村的变革、社会的改革才有着如此深切的感受与激情。是的，要写好一篇报告文学，没有深切的感受、没有激情、没有思考、没有探索也就没有了灵魂。我们从周仕凭所写的其他关注农民、关注社会的许多杂文和言论也可以看出，他正是一位忧国忧民的、有着深入思考的宣传战线上的“中国的脊梁”！

周仕凭的笔力和他笔下的周耀庭的发展轨迹一样，是靠艰苦的汗水得来的、是靠不断学习得来的，他的学历不高，但他却频频写出了一篇篇的获奖文章，他写作的通讯：《走在乡企改革最前列》一文，获得了中国乡企协会的最高奖项优秀奖；他的另一篇通讯《党旗映照“豆”更红》获得了首都青年记协好新闻优秀奖；他的一篇报道《省委书记和红豆妹共叙乡情》获得中国农民报协会好新闻三等奖、江苏省县市报好新闻二等奖；他在《中国经济时报》上发表的《反腐倡廉启动内需》和在《法制日报》上发表的言论《他们端了谁家的饭碗》等都获得了极大的反响。

周仕凭应该说是一个自学成才的典型，也是一个奋励图进的典型。他到红豆集团就有着这么一段动人情节。没有高学历，也没有后台，更没有任何熟人推荐，他便从苏北跑到苏南，凭着一股勇气、凭着一股魄力到红豆集团自荐。对着陌生的领导语出惊人，甩出响当当的自荐条件却是："不要工资干一个月，一个月出不了成绩立马走人！"果然，头一个月他就写出了《亿万富翁也小气》等文章，一下就在报上发了三个头版头条！三个头版头条啊，不要说是周仕凭了，就是专业的新闻记者也是非常不容易的！他办到了，他自荐成功了！周仕凭是良禽择木而栖，投入"红豆"；红豆是慧眼识英雄，揽进了周仕凭。这段轶事虽然没有写进书本，但他却已经用饱满的笔墨写出了周耀庭不拘一格用人才的动人章节。

现在周仕凭已经是红豆集团的宣传科长了。他们宣传科一共五个人，一年的发稿要达 400 余篇，这个见报率是非常了不起的！而这个任务又是周仕凭自己给自己下达的。有着这样的干劲，如此笔耕不辍，那么我们也就不会惊诧周仕凭能写出如此一本翔实厚重的纪实作品了！

写到这里，我并不是说周仕凭的文章已经炉火纯青了，已经无可挑剔了，或者已经如何如何了。但是我想，更重要的是，我们看到了周仕凭一步一步走向成功的轨迹。这个轨迹才是辉煌！

2001 年 2 月于墨静堂

后 记

北京的街头，行色匆匆的人们都穿上了颜色深浅不一的外套。在早晨，还有可能看到一两个身着羽绒服的人从街上走过。这个季节，应该属于深秋了。

深秋，对于城里的人来说，除了要加一些衣服，好像并不如农村那般热闹。其实，这个季节，自古以来就是属于农民的。因为在这个时候，农民们播种的农作物已经颗粒归仓。

那金灿灿的大豆、稻谷等粮食早已入库，播种下去的三麦也已经有了嫩嫩的绿色，除了那雪白的棉花还在地里等待采摘，此时的农民们已经扳起手指头，一五一十地算计着今年的得失。

我的老家在江苏省灌云县，每逢深秋，讲究一点的农民会等五谷入库后，请一些帮过忙的兄弟妯娌们喝一次清场酒。兄弟们杯来盏往，妯娌们笑逐颜开，谈论着一年的收成。而离开老家多年的我，近几年的收成又在哪里？

近几年来，一直东奔西跑，南下北上，忙于环境新闻的采访与编辑。2007 年 5 月 30 日，无锡太湖蓝藻污染事件爆发，我在第一时间赶到无锡，目睹太湖“臭美”景象。太湖蓝藻事件后，也就是 2008 年 8 月，我在无锡调查了一周，发表了近 9000 字的调查报告——《无锡“河长制”：走向绿色中国的明道》。文章发表不久，收到一封邮件，大概内容是：阅读了“河长”一文后，深受启发，欲拍一部片名为《河长》的电影，想邀请我作为电影论证专家成员。

出于对环保的热爱，本人欣然领命。从电影剧本、环保法规、环保现状等多方面提出了建议，提供了大量真实的环保故事，供剧本作者参考。从 2009 年 5 月始，作为该片的策划人，多次参与《河长》电影的论证会和研讨会。《河长》于 2010 年 1 月开机，当年“六五”世界环境日在京首映。

此外，还采访过环保界的部分著名人物，调研过部分地区的环境问题，撰写过质量参差不齐的环境评论。以上这些能算我的收成么？即使算，其实也如歉收农民晒场上的稻谷，只需一阵小风，瘪瘪的谷子就现了原形，籽粒饱满者能有几颗？

工作之余，我也会写一些与职业无关的文章。面对现实，或发发牢骚，或抒抒情感。几年下来，也就成就了这个文集。这能算我的收成么？

之所以怀疑，是因为这个文集中的所有文章、材料都来源于社会，我只是这本文集中每一篇文章的“厨师”。那么好的“食材”却被我做成这样的“菜肴”，是否能满足读者的口味？

感谢山西省作协副主席、著名作家哲夫老师，在流金铄石的八月为本书作序，他的序言，其实就是对我的鞭策。也感谢多年来帮助、关心我的人，你们的支持，就是我勇往直前的最大动力！

周仕凭

2013 年 10 月 15 日